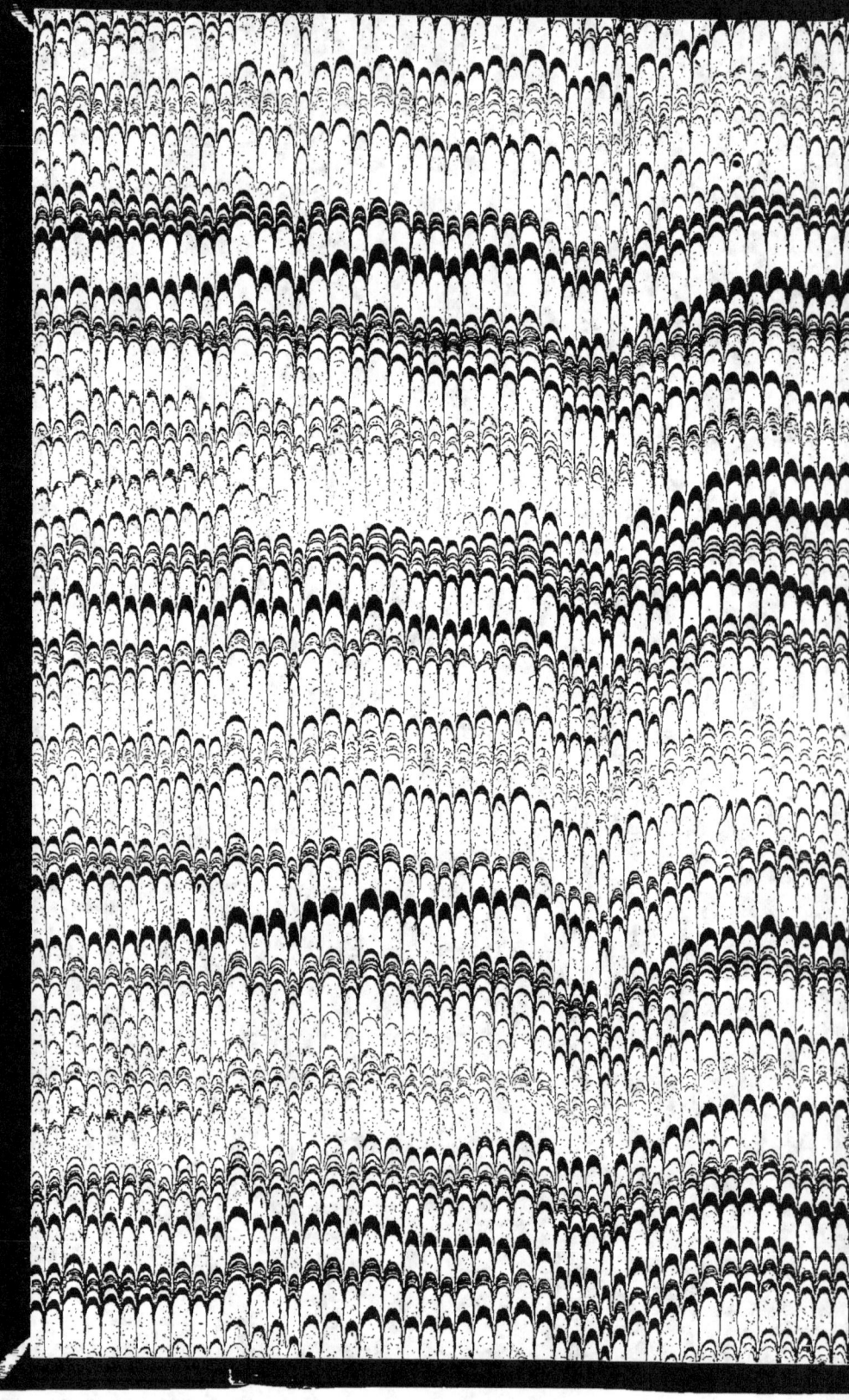

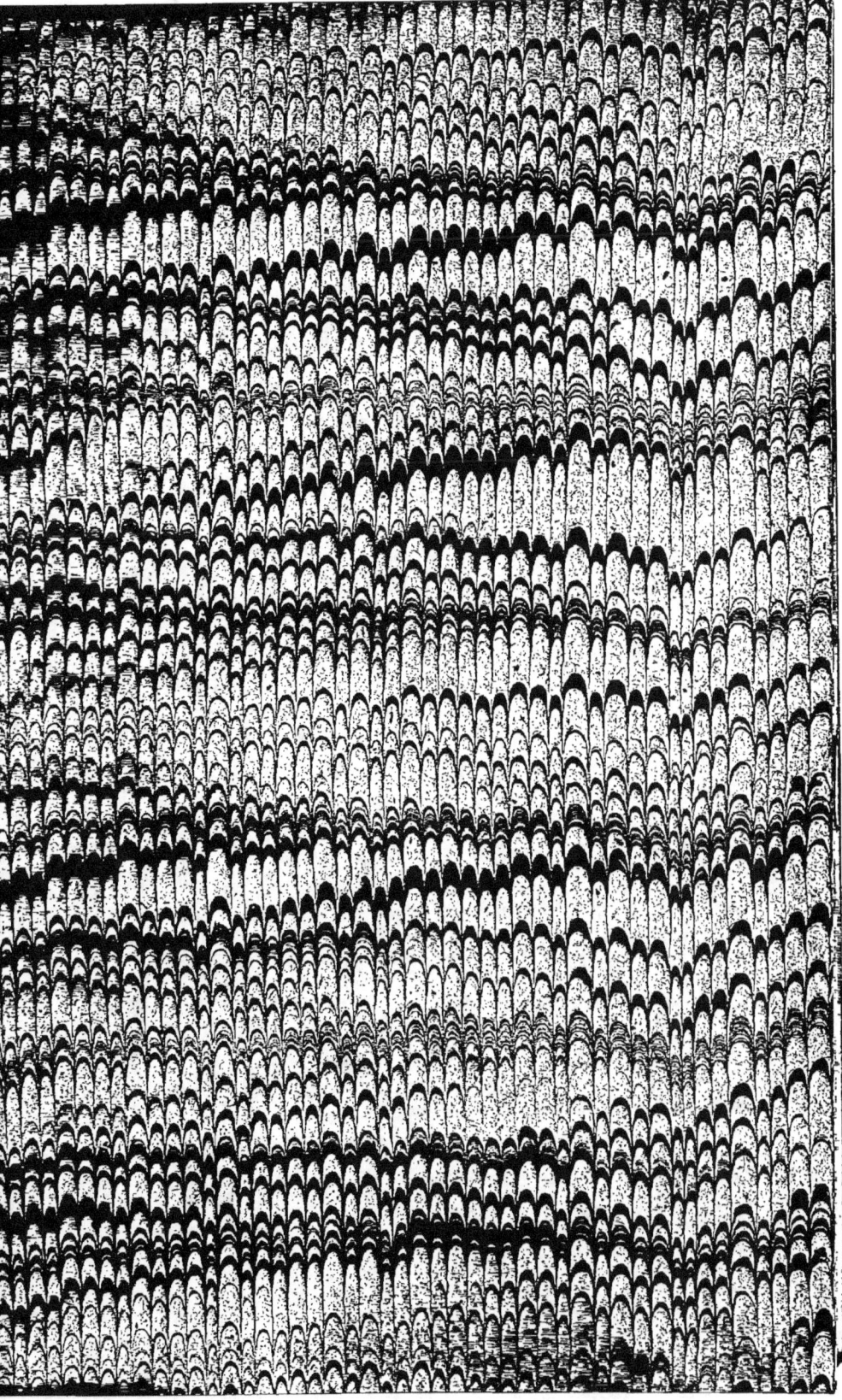

AZPEITIA

AZPEITIA

LES FÊTES EUSKARIENNES

DE SEPTEMBRE 1893

Charles Bernadou

suivi de la Marche de saint Ignace
et autres poésies basques avec musique

Se vend au bénefice des Écoles Chrétiennes libres

BAYONNE

IMPRIMERIE-LIBRAIRIE L. LASSERRE
rue Gambetta, 20

—

1894

A Monsieur Antoine d'ABBADIE

Respectueux Hommage

C. B.

Ces lignes ont d'abord paru dans la SEMAINE DE BAYONNE *des 7, 11 et 14 octobre 1893. Aujourd'hui, grâce au concours aimable de M. Angel Antonio Arrese, d'Azpeitia, membre de la Commission des Fêtes, qui a bien voulu nous envoyer des détails précieux et la musique de divers morceaux ; grâce à notre obligeant compagnon de voyage, M. le chanoine Adéma, qui a traduit avec sa haute compétence les diverses poésies et nous a aidé de ses propres souvenirs; grâce enfin au R. P. José-Ignacio de Arana, le poète délicat et érudit qui nous a donné d'intéressants détails sur la* Marche de Saint Ignace *et le* Guernicaco Arbola, *nous pouvons compléter nos premières impressions et les augmenter d'un* APPENDICE *qui sera, croyons-nous, goûté de nos Basques français et espagnols. A M. le chanoine Adéma, au R. P. de Arana et à M. Arrese, tous nos remerciements.*

DE BAYONNE A AZPEITIA

—

Une première visite à Loyola au mois de juillet, pour les fêtes de saint Ignace, nous avait laissé de si aimables souvenirs que nous nous étions bien promis de saisir une occasion de revoir cette ravissante vallée, cette *Casa Santa* si curieuse, cette petite ville d'Azpeitia, si pittoresquement assise au bord de l'Urola.

Et l'occasion est venue s'offrir le samedi 9 septembre, doublement attrayante, puisqu'au plaisir de faire un second voyage *tra los montes* en aimable compagnie se joignait pour nous la joie d'assister enfin à ces fêtes euskariennes organisées depuis quarante ans et plus par notre illustre compatriote, M. Antoine d'Abbadie, tantôt dans l'une, tantôt dans l'autre des localités des sept provinces basques de France et d'Espagne.

On sait le noble but poursuivi par le châtelain d'*Abbadia* : exciter chez tous les Basques le vif amour de leur pays natal, de leurs usages, de leurs jeux, de leurs chants si originaux; maintenir les traditions des poètes euskariens, de ces improvisateurs si féconds, de ces danseurs et de ces joueurs de pelote aux allures si vives, si harmonieuses.

On sait aussi quel éclat ont eu ces fêtes dès le début à Urrugne, puis à Sare, puis par delà les Pyrénées; et, pour ne rappeler que les dernières, nos lecteurs n'ont pas oublié le concours et les applaudissements qui saluèrent l'année dernière les fêtes de Saint-Jean-de-Luz.

Cette année c'est à Azpeitia, au fond du Guipuzcoa, dans l'une des plus riantes vallées du Pays Basque espagnol, qu'elles ont eu lieu les 10, 11 et 12 septembre. Et là, comme partout, nos Basques, Français et Espagnols, ont chaleureusement fraternisé et porté aux étoiles leur illustre compatriote *Don Antonio Abbadia!*

.．.

Donc, le samedi 9 septembre, nous courions à toute vapeur vers la frontière, admirant pour la centième fois les merveilleux paysages qui se déroulent des coteaux de la Nive à la baie de Saint-Jean-de-Luz et à l'embouchure de la Bidassoa. A Irun, station d'une heure! Le moyen de résister à l'envie de revoir Fuenterrabia encore en fête, au lendemain de la fameuse procession religieuse et militaire du 8 septembre, célébrée en mémoire de la levée du siège de 1638! Déjà de nombreux groupes s'acheminent vers le cirque pour voir *las corridas de novillos*. La fanfare municipale donne une sérénade dans la *calle Mayor*, en l'honneur d'un organiste venu pour prêter son concours à la fête, et sur la *plaza de Armas*, au pied du sombre château de *D. Sancho el Fuerte* et de Charles-Quint, des fillettes esquissent un pas de danse.

Nouvel arrêt à Saint-Sébastien : de nombreux baigneurs reprennent le chemin de leurs foyers, et nous voyageons avec une aimable famille de Vitoria à travers les nombreux tunnels et les ponts sans nombre et les viaducs hardis qui forment la voie jusqu'à Zumarraga.

A Zumarraga, nous laissons le train et montons en *cesta* (voiture d'osier), pour visiter tout d'abord l'église, vaste, riche, avec de beaux autels et des colonnes superbes. Tout autour de l'église, un grand cloître ou préau couvert. En face, de l'autre côté de l'Urola, qui sépare les deux *ciudades*, est l'église de Villaréal de Urrechu, beaucoup plus modeste.

Mais sur la place de Villaréal se dresse la superbe statue de José Maria Yparraguirre, le chantre inspiré du *Guernicaco Arbola*. Le barde guipuzcoan, campé sur sa hanche, la tête et les cheveux au vent, la main appuyée sur sa guitare, a vraiment grand air.

Cette statue en marbre blanc, de deux mètres de haut, est portée sur un beau socle de marbre gris et entourée d'une grille. Au fronton du socle sont sculptées les armes de la province de Guipuzcoa. Sur le côté opposé se lit l'inscription suivante :

José Maria Yparraguirreri

BERE JAYOTERRIAK

Euskal-erri guztiak

BAITA ERE ERBESTEETAN

SAKABANATUTAKO

Euskaldunak

ESKEINTZEN DIOTE

OROIPEN AU

M DCCC LXXXX

Sur le côté droit du socle :

Euskal-Erriaren

Oroipena (1)

Enfin, sur le côté gauche, une guitare et quelques feuillets de papier, fort délicatement sculptés, sur lesquels se lisent les premières mesures du Guernicaco Arbola.

L'inauguration de ce beau monument, œuvre du sculpteur D. Francisco Font, donna lieu, en

---

(1) *A José Maria Yparraguirre*
sa ville natale
le Pays Basque tout entier
et les Basques dispersés
à l'étranger
ont dédié
ce monument
1899.

Souvenir
du
Pays Basque

septembre 1890, à des fêtes splendides dont la *Revista Vascongada* fit un enthousiaste compte-rendu. Les trois provinces basques tinrent à honneur d'y être représentées, et comme toujours en Guipuzcoa, ce fut une série de fêtes religieuses et civiles qui durèrent trois jours, les 27, 28 et 29.

Il y eut d'abord, le 27 au matin, procession solennelle des reliques de sainte Anastasie, la patronne de Villaréal, avec *tamboriles* et danse des *espatadantzaris* ; puis exécution d'une grand-messe spécialement composée pour la circonstance par le maestro Eleizgaray ; après l'évangile, sermon basque. A la suite de la messe, aux applaudissements de la foule et au chant magistralement exécuté de l'hymne cher aux Basques, l'alcalde découvrit la statue.

Un banquet suivit dans le grand salon de l'*Ayuntamiento*, orné de guirlandes, de drapeaux ; au balcon se lisait l'inscription significative *Soli Deo honor et gloria,* et, dans les toasts chaleureux, les présidents des députations de Biscaye, Alava et Guipuzcoa saluèrent noblement le grand nom d'Yparraguirre et surent dire, en excellents termes, combien au cœur de tous les Basques, comme dans les strophes de l'hymne inspiré, Religion et Patrie sont invinciblement unies (1).

(1) Voir pour plus de détails le très curieux numéro spécial que fit paraître à cette occasion, le 30 septembre 1890, l'excellent *Euskal-Erria, Revista Vascongada,* de Saint-Sébastien.

Mais Villaréal est déjà loin de nous, et la voiture s'est engagée dans la gorge pittoresque et sauvage creusée par l'Urola jusqu'à Azcoitia. A droite et à gauche, des champs de maïs, de grands bois de chênes et de châtaigniers, des vergers jusqu'aux cîmes les plus élevées, des maisons basques au large toit à deux eaux, mais point riantes et blanches comme en notre Labourd; quelques-unes même, aux grosses assises, aux murs noircis, basses et carrées, avec un toit très bas sous lequel se voient des traces de machicoulis et de meurtrières, ont l'air de forts crénelés. Et ce sont en effet de vieilles *casas torres*, plantées sur les bords du torrent, aux passages les plus étroits; çà et là, des ponts de pierre à dos d'âne, aux arcs d'ogive pittoresquement tapissés de lierres.

Après mille détours, la gorge s'ouvre enfin et nous entrons dans Azcoitia, petite ville fort bien pavée, coupée en deux par l'Urola : ici encore de nombreuses vieilles maisons aux portes et aux croisées ogivales, décorées de nombreux écussons; une église très vaste et très belle, avec un porche majestueux; tout à côté, une ravissante petite *Alameda* avec une belle fontaine formée de deux barriques de pierre. Sur la place de l'*Ayuntamiento*, les *tamborileros* annoncent déjà la fête du lendemain, à la grande joie des fillettes qui déjà savent danser le fandango guipuzcoan.

Azcoitia a de nombreux *caserios*, un ermitage pittoresquement perché sur une colline et deux couvents de Sœurs cloîtrées : les Clarisses et les Brigittes (*Brigidas recoletas*) de Mira Cruz.

A la sortie de la ville, la route fait un brusque détour; nous laissons à droite les bains sulfureux de San Juan de Dios, et bientôt nous apparaît, émergeant dans le crépuscule, l'imposante coupole de Loyola.

Nous saluons de loin la *Casa Santa* et la blanche statue d'Ignace, et arrivons enfin, à travers cette vallée riante mais déjà sombre, à Azpeitia.

. .

La ville est en liesse : fanfares, *cohctes*, chants et cris éclatent à l'envi dans les rues et sur les places; c'est à travers une foule de deux mille personnes au moins que nous atteignons la *fonda de Arteche*, sur la petite place de *Buztinzuri*. M. et Mme d'Abbadie, M. le chanoine Adéma nous y ont précédés. Bientôt D. Juan Bautista de Acilona, *primer teniente en funciones de alcalde de Azpeitia*, vient au milieu des vivats et des applaudissements souhaiter la bienvenue au Président de l'Institut de France, au Basque illustre, dont le cœur toujours chaud et vaillant bat à l'unisson de tous les cœurs basques.

M. le Maire présente MM. les Membres de la Commission des fêtes, D. Agustin Jauregui, curé

d'Azpeitia, D. Angel Antonio Arrese, D. Juan
Clemente, D. José Maria Muguruza y D. Antonio
Alzuru.

Après le souper, vers les huit heures et demie,
une harmonieuse fanfare (la *charanga* de la ville)
nous appelle au balcon : dix-huit jeunes gens,
coiffés du béret rouge, saluent de leurs accords
les nouveaux hôtes d'Azpeitia, et plus de cinq
cents enfants et jeunes gens crient de leurs belles
voix de montagnards : *Viva, viva don Antonio
Abbadia!* Polkas, mazurkas, pas redoublé et même
une valse, *la Azpeitiana,* se succèdent à l'envi, et
bientôt éclate, grave et majestueux, le *Guernicaco
Arbola* : tous les fronts se découvrent, et l'hymne
grandiose et fier se déroule dans le silence de
cette belle nuit de septembre, en toute sa religieuse harmonie. C'est vraiment très beau, très
imposant (1)!

(1 Voir à l'*Appendice* ce beau chant, si populaire dans
les trois provinces basques espagnoles

AZPEITIA ET LA VALLÉE D'YRAURGUI
LES JEUX

—

Le lendemain, dimanche, premier jour de la fête, la *charanga* parcourt la ville dès les premières heures, jouant l'*Euskaro casero,* pas redoublé avec accompagnement de tambour, fort harmonieux; nous revoyons avec un nouveau plaisir cette belle place de l'*Ayuntamiento,* bordée sur deux côtés de grandes maisons à arcades; ces longues rues où dix à douze maisons des xve et xvie siècles, aux fenêtres ogivales géminées, avec cordons et losanges de briques en relief à la mauresque, aux balcons richement sculptés, aux portes ornées de gros clous ouvragés, attirent nos regards. Peu d'écussons cependant. Les deux belles rangées de maisons à arcades de la grande place sont d'anciens couvents de Dominicains et d'Augustins sécularisés en 1834; ce dernier, faisant face à l'Urola, est aujourd'hui la *Casa Consistorial,* qui conserve encore à l'intérieur la vaste chapelle, un peu nue, de l'ancien couvent : on y voit cependant de curieux rétables, et tous les dimanches M. le curé d'Azpeitia y dit la messe.

Par une rue transversale, et derrière la *Casa Consistorial,* nous arrivons à l'église paroissiale,

San Sebastian de Soreasu. Cette église est très belle :
trois vastes et larges nefs séparées par des piliers
élancés, en marbre gris, très élégants; le maître-
autel avec un rétable grandiose; des autels nombreux adossés aux piliers et des chapelles latérales, entre les contreforts; dans le fond une très
belle tribune, *el coro,* auquel on accède par un
large et bel escalier. Dans ce *coro,* très vaste, de-
belles orgues actuellement en réparation : on y
va dépenser 25,000 pesetas et leur donner 52
jeux; il en manque encore dix, et déjà les morceaux exécutés sont d'un bel effet. Il est vrai que
l'organiste, D. Toribio Eleizgaray, est un artiste
consommé.

Dans l'une des chapelles latérales, à droite du
maître-autel, est le tombeau avec statue d'un des
plus illustres enfants d'Azpeitia, portant cette
inscription :

Aqui yace enterado el muy ilustre y magnifico
señor Don Martin Zumbero, Obispo en Tuy, del
consejo de los catolicos nuestros Reyes Don Fer-
nandez y Doña Isabel, presidente de la Sagrada
Inquisicion de estos reinos de España, maestro de
santa teologia, fallecio en la villa de Madrid
año de 1516.

A côté du sanctuaire est une très belle et vaste
sacristie, d'un côté; de l'autre, une chapelle fondée
par un autre illustre fils d'Azpeitia, D. Nicolas
Saez de Elola, l'un des *conquistadores* qui accom-

pagnèrent au Mexique Fernand Cortez. Le vaillant
capitaine laissa par testament une rente pour do-
ter chaque année six jeunes orphelines de 50 ducats chacune, plus 100 ducats et le logement pour
un maître d'école, *preceptor de gramática* (1). La
statue du conquistador, casqué et armé, est cou-
chée sur sa pierre tombale.

Mais la perle de cette belle église, ce sont les
fonts baptismaux, gardant vivant le souvenir de
saint Ignace, qui fut baptisé là en 1491. Ces fonts
ont été religieusement conservés, et la chapelle,
située tout au bout de l'église, en face du sanctuaire, est ornée d'une grille massive très belle.
Dans le haut, au pied de la statue du Saint, se lit
l'inscription suivante :

EMENCHEN
BATIATUBA
NAIZ (2)

La tour carrée et haute du clocher est sur-
montée, chose rare en Guipuzcoa, d'une flèche
d'ailleurs peu élégante ; mais les cloches sont très
belles et surtout très harmonieuses.

Plus récemment, dans la deuxième moitié du
siècle dernier, avec les pierres de marbre déjà
préparées pour le couvent de Loyola, mais que

(1) D. Lope de Isasti : *Compendio historia¹ de la M. N. y
M. L. provincia de Guipuzcoa*, 1625 ; ed. de San Sebastian,
1850. p. 544.

(2) *C'est ici que j'ai été baptisé.*

l'on ne put utiliser à cause de l'expulsion des Jésuites en 1767, on a orné la grande porte latérale d'un beau et vaste porche d'ordre toscan surmonté de la statue de saint Sébastien, patron de l'église, et portant au fronton les inscriptions suivantes :

CAROLI DOMINATUS
IN HISPANIA ANNO XII
SALUTIS REPARATÆ
M DCC LXXI
BONAVENTURA RODRIGUEZ
DELINEAVIT ME

—

DIVIS SEBASTIANO IGNATIO DEDICATUM

—

AZPEITIENSUM AMORE
GRATITUDO MUNIFICEN
TIA HOC CONDIDERE
MONUMENTUM
FRANCISCUS YBEROLE FECIT ME

Tout à côté de l'église est un lavoir bien construit, très commode, qui nous rappelle le beau lavoir de Tolosa. Et comme nous félicitions ces Messieurs d'avoir une municipalité si intelligemment dévouée au bien public : — Mais, nous dit-on, ce lavoir a été construit aux frais d'un *Indiano* de céans, fils d'une pauvre blanchisseuse. Heureux pays où, bien loin de rougir de l'humble condition de leurs pères et mères, les enrichis savent s'en souvenir en se montrant généreux pour les humbles et les petits !

Azpeitia, d'ailleurs, tout en conservant comme Tolosa ses vieilles traditions, est comme sa voisine une ville de progrès : grâce aux nombreux cours d'eau de la vallée, elle est éclairée le soir par la *luz electrica*.

Sur l'Urola, trois ponts pittoresques relient la ville à la campagne : au bout d'un de ces ponts, une très belle maison-forte, aux quatre angles flanqués de petites tourelles, la *Casa de Emparan*, autre famille illustre d'Azpeitia dont un des fils, D. Francisco José, fut lieutenant-général des armées royales et gouverneur des Iles Canaries. Ce palais servit de résidence à Don Carlos lors de la dernière guerre; à droite est un couvent de Clarisses, dont la vaste chapelle est très belle avec ses autels aux grands rétables, sa chaire dorée et ses statues expressives.

De ce pont et à cette heure matinale, la vue sur Azpeitia, l'Urola, la vallée tout entière et dans le fond la coupole de Loyola, est tout simplement merveilleuse.

La petite ville endimanchée offre bientôt un air de fête et de gaieté qui réjouit les yeux : des enfants en grand nombre, des femmes, des jeunes filles coiffées de noires mantilles, saluent respectueusement le prêtre d'un *Ave Maria purissima*, les hommes portent la main à leur béret, les campagnards étalent fruits et légumes, ce pendant que

2

les alguazils se promènent toujours graves et majestueux.

∴

Mais les cloches nous appellent à la grand-
messe : *tamborileros* et musiciens escortent l'alcalde, les membres de l'*Ayuntamiento* et de la
commission des fêtes, M. et Mme d'Abbadie, M. le
chanoine Adéma, qui prennent place au chœur et
dans les premières travées, sur des bancs ornés
des armes d'Azpeitia. Un excellent orchestre et le
grand orgue soutiennent la maîtrise qui, du haut
du *coro*, exécute la *misa de bajos*, du maëstro
D. Mariano Garcia, d'un accent tout triomphal.
L'alcalde est à la place d'honneur, au pied
du maître-autel, tenant en main la *vara* flexible,
signe de justice et de paix tout ensemble; à l'of-
fertoire, ces Messieurs vont à l'offrande, et à l'élé-
vation tous s'agenouillent, tenant en main le
cierge allumé.

A l'autel, les cérémonies se déroulent avec une
dignité et une pompe vraiment religieuses; la
tenue des assistants, fort nombreux, est grave et
recueillie; les enfants eux-mêmes, si pétulants
tout à l'heure en acclamant *Don Antonio Abbadia*,
témoignent d'une édifiante piété. Nous voici bien
dans le pays de saint Ignace! Les hommes et les
enfants occupent, à côté de l'alcalde et des auto-
rités, de larges bancs de chêne dans la première
travée; dans les autres travées, dames et damoi-
selles ont quelques chaises, mais la plupart des

femmes sont à genoux et assises sur le sol en planches de l'église.

.·.

A dix heures et demie le cortège, maire en tête, se rend à la *Casa Consistorial* et préside aux premiers jeux du haut du balcon.

Mais tout d'abord, et sur les indications de M. d'Abbadie, il est procédé à la nomination des trois juges du premier concours : pour ce faire, trois jetons ou haricots blancs sont jetés dans une urne, mêlés à des jetons ou haricots noirs ; chacun des assistants qui ont témoigné le désir de prendre part à l'élection et dont la liste a été préalablement dressée, tire à son tour un haricot, et les trois qui ont tiré les trois haricots blancs nomment les trois juges : en cas de partage des voix entre les électeurs, les juges sont tirés au sort.

Cette curieuse cérémonie empruntée par M. d'Abbadie aux usages des anciennes paroisses du pays Basque, et notamment de Biriatou, se répètera avant chaque concours, et chaque fois les juges seront différents (1).

(1) Voir ci-après, à l'*Appendice,* le nom de ces juges. Rappelons ici que sous l'Ancien Régime quatre catégories de citoyens ne pouvaient prendre part aux élections de la paroisse en notre Pays Basque : les prêtres, qui devaient toujours planer au dessus des intérêts et des discussions, — les soldats, liés par l'obéissance passive, — les condamnés de droit commun, — les avocats ! Nous retrouvons ces mêmes usages à Bayonne ; mais ici les avocats, après de longues luttes, forcèrent les portes de l'hôtel de ville.

Le concours des coureurs *(lasterkaris)* commence entre dix concurrents tous pleins de feu
et d'entrain, trop de feu même, car l'un d'eux
se casse malheureusement la jambe. Les coureurs
ont à faire un assez long parcours, dix fois la
longueur de la place, du péristyle de la *Casa Consistorial* au bord de l'Urola, aller et retour. Chaque
coureur doit, à chaque tour, prendre une pomme
dans un panier au bord de l'Urola et la porter à
un autre panier sous le péristyle. Le vainqueur
est Arrozpide, le plus âgé des concurrents, un *aiẓ-
korralari* (bûcheron) de la haute montagne, vigoureux et élancé; il reçoit tout joyeux les 60 francs
en or; le second prix (30 francs) est gagné par
Manuel Aizpuru d'Azpeitia, et le troisième (10 fr.)
par Francisco Echeberria, d'Elgoïbar.

La course est suivie de la première partie de
pelote, le jeu entre tous aimé de nos Basques :
c'est une partie de blaid à mains nues entre deux
enfants d'Azpeitia, Ignacio Alberdi et José-Maria
Beriztain, et deux Azcoitians, Modesto et Javier
Larrañaga; les points sont chaudement disputés
sous un soleil ardent que M. d'Abbadie tout le
premier brave avec une intrépidité juvénile et
qui rappelle le voyageur en Ethiopie. Tout le
monde admire le coup d'œil, l'adresse, l'étonnante
agilité de ces jeunes gens; mais à une heure et
demie ils sont *ex-æquo* à 33 points sur 40 et à bout
de forces. D'un commun accord, le jury partage
le prix de 80 francs entre ces vaillants.

. .

A quatre heures, sur la place de l'*Ayuntamiento,* couverte d'une foule tumultueuse et bruyante, avide d'entendre et de voir ses poètes populaires, a lieu le concours des *koplakaris* ou *bersolaris* (improvisateurs), dont la fécondité et la verve sont traditionnelles en deçà comme au delà des Pyrénées. Six concurrents montent sur l'estrade, mais le tumulte grandissant toujours, on appelle nos bardes au balcon de la *Casa Consistorial.*

La lutte commence, et bientôt trois des poètes se retirent. La lutte se circonscrit entre les trois autres : Pello *Errota,* le meunier d'Asteasu, déjà célèbre et vainqueur en maint combat, et deux paysans, José-Bernardo Otaño, de Cizurquil, et Juan José Alcain, de Usurbil.

On devine ce que, en Guipuzcoa comme en Labourd, deux paysans peuvent dire d'aimable à un meunier qui s'enrichit à leurs dépens? Le meunier se défend et attaque à son tour. Est-ce sa faute si le grain qu'on lui apporte est maigre et de rendement médiocre? Il ne peut cependant pas rendre trois *fanegas* de farine pour deux de bled! Et toute la place, qui écoute en silence maintenant, accueille de ses rires et de ses applaudissements chaque couplet de huit à dix vers doucement chantonné.

Mais bientôt le ton de nos bardes s'élève, ils chantent les gloires du Pays Basque et les liens d'indissoluble fraternité des sept provinces sœurs : Biscaye, Guipuzcoa, Alava, Navarre Haute et Basse, Labourd et Soule; les chants enthousiastes se succèdent et se répondent, célébrant avec un fougueux *crescendo* l'union féconde de tous les Basques.

Les applaudissements et les cris de la foule redoublent : *Viva Pello!* *Viva Pello!* c'est bientôt le cri dominant; et en effet, par sa facilité d'improvisation, la grâce et aussi le piquant de ses traits, le meunier d'Asteasu l'emporte. Après délibération, les membres du jury lui décernent à l'unanimité le prix de 100 francs en or, tout en regrettant que ses deux concurrents, qui lui ont si fièrement tenu tête, ne reçoivent pas au moins un *accessit* couvrant les frais de leur voyage.

.

Cette première journée s'achève au Cercle catholique de Saint-Ignace, où nous trouvons une nombreuse et brillante assistance de dames et de demoiselles : les honneurs du Cercle sont faits avec une exquise courtoisie par le président, D. Antonio Alzuru, et les membres fort nombreux. Un orchestre au grand complet prélude; et la toile d'un gentil petit théâtre se lève sur vingt à trente chanteurs exécutant le beau *zortziko* de Yparraguirre, *Nere maitiarentzat (à ma bien-aimée);* violon et piano nous donnent des variations de *Lucie,* l'orchestre exécute diverses symphonies de D. To-

ribio Eleizgaray, l'organiste-compositeur, et enfin
un trio d'amateurs joue une fine comédie, *El An-
dalu mas templáo*, et chante avec verve et entrain
une gracieuse *zarzuela* (opéra comique), *Música
clásica* de Chapi, qui nous rappelle, à s'y méprendre, le *Maître de Chapelle*. Les applaudissements
et les bravos éclatent; mais à la fin tout le monde
est debout entonnant le *Guernicaco Arbola*.

Comme nous sortions du Cercle vers les onze
heures, accompagnant M. et Mme d'Abbadie et
M. le chanoine Adéma, nous sommes arrêtés sous
le balcon d'une *posada* et du casino azpeitian par
le chant monotone et doux de deux *bersolaris*,
dont l'un est le fameux lauréat de l'après-midi.
Les deux poètes se provoquent et se répondent
par des strophes improvisées de huit à dix vers.
C'est encore, et toujours, le Pays Basque qu'ils
chantent, ses jeux, ses antiques gloires, ses *fueros*
et libertés tant aimés, avec une grâce et une verve
qui charment la foule amassée au bas des fenêtres : les applaudissements, comme toujours, couronnent le trait final de chaque strophe. Mais l'un
des chanteurs a aperçu notre groupe : « Tais-toi
donc, chante-t-il à son partenaire, tu bavardes et
tu•oublies de saluer l'illustre M. d'Abbadie, qui
passe. — C'est bien plutôt toi qui oublies la politesse, réplique l'autre, car j'aperçois Madame
d'Abbadie, sa digne compagne, et chez nous
comme de l'autre côté des monts il faut toujours
chanter : Honneur aux dames! » — *Bravo, bravo,*

Pello ! crie la foule. Et nos infatigables bersolaris ont continué jusque près de minuit, pendant que les *serenos* enveloppés de longs manteaux, la lanterne sourde à la main, chantonnaient : *Las once y media, y nublado !*

..

Le lendemain lundi, à 8 heures, la *charanga* éveille les échos de son joyeux *Euskaro casero* et parcourt les rues et places, précédée et suivie d'une nuée de *chiquillos :* à neuf heures est chantée à grand orchestre en l'église paroissiale la messe *en ré* du maëstro D. Hilarion Eslava, et bientôt après nous voici au balcon de la *Casa Consistorial* pour entendre les *irrintzilaris* ou *ojularis* jeter tour à tour l'*irrintzina,* ce cri de guerre et d'appel strident, suraigu, prolongé, des anciens Eskualdunak. Cinq concurrents, dont deux vieillards, l'un de 70, l'autre de 81 ans, montent sur l'estrade, au milieu de la place, et lancent tour à tour le fameux cri. Mais seuls les deux vieillards, et surtout l'octogénaire, nous paraissent avoir conservé les notes traditionnelles; et encore avons-nous peine à reconnaître le cri élevé, prolongé, toujours harmonieux de nos paysans de Cambo ou d'Urrugne, regagnant leurs métairies dans la montagne par un beau soir de dimanche. Un des concurrents même, un jeune il est vrai, nous paraît faire de la haute fantaisie en imitant le miaulement du chat et le cri du coucou. La tradition des *irrin-*

tҳilaris se perdrait-elle en Guipuzcoa? Mme d'Abbadie, toutefois, qui s'intéresse tout particulièrement
à ce cri si original, fait donner une gratification à
l'octogénaire. Le jury décerne le prix de 40 francs
en or à un *casero* d'Azcoitia, José Maria Lissaralde.

Le ciel s'assombrit, la pluie va venir, et il faut
remettre à plus tard la partie de pelote au gant
d'osier. Nous en profitons pour examiner tout à
loisir la belle grand'salle de la mairie d'Azpeitia
et les curieux écussons qui se détachent en vives
couleurs sur les sombres boiseries.

Voici tout d'abord les armes de la famille de
saint Ignace, mi-partie d'Oñaz et de Loyola : à
gauche les sept bandes de gueules sur fond d'argent concédés aux d'Oñaz par Alphonse le Justi-
cier en 1321, à la suite de la bataille de Beotibar;
à droite une chaudière suspendue à une longue
chaîne et accotée de deux loups, qui sont de
Loyola.

Ce dernier écusson, si connu et qui se voit encore au-dessus de la porte de la *Casa Santa*, est
le même que celui de la ville d'Azpeitia peint
tout à côté; et comme nous demandions à ces
messieurs quelques renseignements à ce propos,
M. le Maire met fort gracieusement à notre dis-
position un très curieux manuscrit extrait des archives du Royaume, composé et écrit à Madrid
en 1785 par Don Pasqual-Antonio de la Rua, avec
l'attestation de Ruiz de Naveda, *Cronista y Rey de
armas de la Catolica Majestad del Señor Don Car-*

los Tercero (que Dios prospere), Rey de Castilla, Leon, etc. En tête sont admirablement peintes les ARMA YRAURGUI AZPEYTYÆ; puis vient un long historique où nous notons, en courant, quelques traits typiques.

Azpeitia faisait jadis partie de l'antique vallée de Yraurgui, comme Azcoitia sa voisine : elle doit sa première charte de fondation à D. Fernand IV de Castille en 1310. Ce site portait d'abord le nom de *Garmienda;* à dater de 1311 le même roi voulut qu'il portât le nom expressif de *Salvatierra* et donna à ses habitants l'église abbatiale de Soreasu avec ses montagnes, fontaines, champs et pâturages. Il leur octroya, en outre, le *fuero* de Vitoria. Une tradition populaire raconte que vers cette époque, pour donner un nom à chacun des deux *pueblos* déjà considérables, les habitants de la vallée se réunirent et se mirent à discuter longuement, quand vint à passer une brave femme à qui l'on demanda son avis. La paysanne, croyant qu'on voulait se moquer, répondit en montrant tour a tour les deux points extrêmes de la vallée : *Aʒ gora et ı aʒ bera,* d'où seraient venus *Aʒcoitiı* (au haut des rochers), *Aʒpeitia* (au bas des rochers).

Le grave chroniqueur, qui paraît ne connaître pas ces étymologies peut-être fantaisistes, se contente d'affirmer que jamais Azpeitia ni la vallée n'ont fait partie de l'ancien diocèse de Bayonne, comme le veut notre Oïhenart. La preuve, c'est que dans la bulle de canonisation de saint Ignace de Loyola, le pape Paul IV désigne en 1622 les prêtres Ignace et François Xavier comme natifs du diocèse de Pampelune !

La preuve nous paraît un peu faible : déjà, en 1550, le pape Jules III en approuvant l'institution de la Compagnie de Jésus, désignait Ignace et Xavier comme natifs de ce diocèse. Et cependant quelques années plus tard, en 1566, une partie du diocèse de Bayonne était si bien demeurée espagnole que Philippe II, sous le spécieux prétexte de l'invasion possible de l'hérésie protestante en ses Etats, demanda et obtint du pape S. Pie V que cette partie fut *provisoirement* rattachée aux diocèses de Pampelune et de Calahorra.

Ce provisoire devint d'ailleurs bientôt définitif, encore qu'Evêques et chanoines bayonnais n'aient cessé de protester et qu'ils aient perçu, au moins jusqu'en 1674, quelques-unes des dîmes de Fuenterrabia.

Mais cette partie espagnole du diocèse de Bayonne comprenait-elle, au moyen âge, et jusqu'à 1566, les provinces de Guipuzcoa et Biscaye, comme le prétend de Thou cité par Oyhenart (1) ? Il y a sans doute là exagération manifeste. Toutefois Oyhenart lui-même est-il donc si téméraire d'affirmer que toute la région du Guipuzcoa entre la Bidassoa et l'Urola faisait partie de l'ancien dio-

(1) De Thou *Histoire universelle*, éd. française de 1734: tome V, p. 56.

cèse de Bayonne? Il appuie son dire sur la fameuse charte d'Arsius, évêque de Labourd vers 980, charte confirmée dans les mêmes termes, en avril 1106, par le pape Pascal II, et qui donne pour limites du diocèse en Espagne les vallées d'Urdach et de Bastan jusqu'au Port de Velate, la vallée de Lerin en Navarre, puis en Guipuzcoa la terre d'Ernani et de Saint-Sébastien de Pusico jusqu'à *Sainte-Marie de Arrosth* et *San Adrian* (1). Or *San-Adrian* est un passage fameux entre le Guipuzcoa et l'Alava, à 1540 mètres au-dessus du niveau de la mer, dépendant de Cegama, formant un *tunnel naturel* reliant les deux provinces : il y a là un antique ermitage qui a été précisément restauré cette année, et à cette occasion le curé du lieu, M. de Zabala, a fait à la commission historique de la province d'intéressantes communications sur la découverte d'antiques monnaies et de grottes préhistoriques. Pourquoi ne pas admettre, avec Oihenart, que Santa-Maria de Arrosth serait *Urostil* ou *Urrestila*, quartier d'Azpeitia, ou peut-être *Arrona*, autre quartier plus en aval dans la vallée de l'Urola et dépendant de Cestona? D'autre part, n'est-il pas remarquable que *Arrostéguy* veut dire, en basque guipuzcoan, *lieu fréquenté par les étrangers*

(1) *Livre d'or* de la Cathédrale de Bayonne; Archives départementales à Pau, G 54. On a essayé, mais sans raison sérieuse, de mettre en doute l'authenticité de la charte d'Arsius dont ces mêmes archives possèdent une copie beaucoup plus ancienne que celle du *Livre d'or* (G 1).

et les voyageurs (1)? Le scribe d'Arsius aura voulu désigner quelque autre passage du côté de la mer indiquant ainsi les quatre points extrêmes du Guipuzcoa : Hernani et Saint-Sébastien au nord, San Adrian et Arrosth (abréviation pour Arrostéguy) au sud et à l'ouest?

Hypothèse hardie peut-être; mais il nous serait si doux de croire avec le docte Oyhénart et le grave de Thou que la patrie de saint Ignace, tout comme Fuenterrabia et Saint-Sébastien, a jadis fait partie du diocèse de saint Léon (2)!

Quoi qu'il en soit, la *Casa Solar* de Loyola a été le noyau autour duquel vinrent peu à peu se grouper les habitants de la vallée d'Yraurgui; et quant aux armes de la vieille maison seigneuriale, rien de plus poétique que leur origine, d'après certains historiens complaisamment cités par le manuscrit de Madrid. Un seigneur de Loyola en guerre avec un de ses voisins l'aurait surpris endormi en son castel, et comme jadis David coupant le manteau de Saül, il se contenta d'emporter la chaudière et la crémaillère : d'où *lupus in aula* ou *lobo en olla,* et par contraction *Loyola.*

---

(1) EUSKAL-ERRIA, t. II, p. 93 : *Colleccion a'fabética de apellidos vascongados.* por D. l. F. Irigoyen. ARROZTEGUI, *Parage de forasteros ó peregrinos.*

(2, Voir Oyhenart, *Notitia utriusque Vasconiæ,* édit. de 1638, p. 172, 173. — Voir aussi, pour être impartial en ce délicat sujet, le *Compendio historial de Isasti,* p. 188, note 2. Il y a là de curieux arguments de Florancs contre notre opinion, mais qui ne nous ont pas convaincu.

Mais *Loyola* ne fut jamais latin ni castillan ; c'est du plus pur basque, et cela signifie prosaïquement *oficina de alfah reros* (atelier de potiers de terre) !

L'origine de cet écu de Loyola, qui remonte au moins au xe siècle, est bien plutôt celui des armes de toutes les vieilles familles des *ricos hombres* de Navarre et des provinces du Nord. Vassaux des rois de Navarre, Castille et Aragon, les seigneurs portaient une chaudière sur leur écu et se nommaient *caballeros de pendon y caldera*, pour témoigner qu'ils étaient en état d'entretenir les hommes d'armes qu'ils menaient à la croisade contre les Maures ou aux guerres privées, si fréquentes en ces parages entre petits rois et gros seigneurs. On sait d'ailleurs la grande part que la maison de Loyola elle-même prit, aux xive et xve siècles, aux sanglantes luttes des *Oñecinos* et des *Gimboanos*.

LOYOLA

Tous ces vieux échos du passé nous font désirer de revoir la *Casa Solar* de saint Ignace ; et comme la pluie tombe plus dru que jamais, nous allons *en cesta* visiter Loyola.

Nous remontons l'Urola et à travers une pluie fine et méchante, nous revoyons la vallée toute bornée de hautes montagnes : à droite les pentes raides, nues et rougeâtres de l'Izarraitz, à gauche l'Arauntza, l'Oñazmendi, l'Elosua, verdoyantes et boisées, cultivées presque jusqu'aux cîmes.

Qu'elle était riante et gaie cette vallée de Loyola, au matin du 1er août, quand les pèlerins venus des quatre coins de l'Espagne l'animaient de leurs chants, de leurs cris, accompagnant la procession des Azpeitians à la *Casa Santa !* En tête, à la suite de l'étendard d'Azpeitia, une douzaine d'enfants de chœur vêtus de rouge, coiffés d'une barrette rouge, portant des banderolles où étaient inscrits les principaux épisodes de la vie du Saint ; puis une statue de la sainte Vierge magnifiquement habillée et couronnée d'un riche diadème de vermeil offert par la province de Guipuzcoa ; à la suite, de nombreuses bannières des confréries et de la province, et enfin la statue d'Ignace revêtu de la chasuble, portée par quatre *caseros :* quand la statue arriva sous le péristyle, à l'entrée de l'église de Loyo'a, les *caseros* la retournèrent vers Azpeitia, et Azpeitia salua d'un coup de canon.

On sait que ces fêtes solennelles en l'honneur de saint Ignace et cette procession remontent à 1610, l'année même qui suivit la bulle de béatification d'Ignace : par un serment solennel prononcé en l'église paroissiale de Saint-Sébastien de Soreasu, la ville prit le nouveau Saint pour patron et jura de célébrer sa fête, comme les autres fêtes de Sainte Mère Eglise, avec grand'messe, sermon et procession.

Mais ce que l'on sait moins, c'est que les Azpeitians ont fidèlement observé les moindres détails de ces fêtes comme au premier jour. En 1622 les fêtes de la canonisation d'Ignace furent merveilleuses à Azpeitia, d'après la relation très minutieuse d'un témoin oculaire donnée par l'*Euskal-Erria*. Pendant huit jours ce fut une série de grandes messes en musique avec sermons, de processions avec musiciens, danseurs et *Gigantes*, nouveauté fort goûtée, dit le narrateur, et sans doute apportée des Flandres espagnoles, de cavalcades où les gentilshommes de la vallée, revêtus de riches costumes de chevaliers castillans et d'empereurs romains, rivalisèrent de luxe et aussi d'adresse dans les fameuses joûtes de l'*Estafermo* (1). Il y eut aussi des comédies, peut-être de Lope de Vega, alors en toute sa vogue, des combats de taureaux, des illuminations et feux d'artifices

(1) Mannequin costumé en homme d'armes portant un bouclier et un sac de sable qui se vidait sur la tête des maladroits.

sur la grande place. Enfin, le dernier jour, une procession solennelle se rendit à la *Casa Santa* : la ville y offrit un *cirio* de 130 livres à ses armes, une grand'messe fut chantée en plein air avec panégyrique, et dans la soirée fut jouée une *Histoire de la Sainte Ecriture,* sans doute quelqu'une de ces pastorales basques qui ne se donnent plus guère de nos jours que dans notre Soule (1).

. Il y avait précisément à cette époque un fameux organiste d'Oyarzun, Joanes de Larrumbia, grand poète et auteur dramatique, dont Isasti cite avec éloge le *Sacrifice d'Abraham* et les *comedias* de *Job* et *Judith,* qui faisaient fureur (2).

Vingt ans plus tard ces fêtes ont toujours le même caractère, et c'est dans le grave recueil des *Acta Sanctorum* que parmi de très nombreux documents relatifs à saint Ignace, nous trouvons une relation écrite en 1642 par le Père Gamboa, à la demande du général de la Compagnie de Jésus ; cette relation entre dans les moindres détails qu'on dirait écrits de nos jours : quinze mille personnes environ se pressent dans Azpeitia et les alentours : les sonneries des cloches, les illuminations (*ignibus ad fenestras perque plateas suc-*

(1) EUSKAL-ERRIA, tome V, p. 133, 20 février 1882 : *Relacion de las fiestas que hizo la N. V. de Azpeitia al glorioso patriarco san Ignacio en el año de la canonizacion...* por *D. Juan de Goitia, administrador de la Casa de Loyola.* C'est aux archives de Loyola et d'Azcoïta que le R. P. de Arana a trouvé ces curieuses relations.

(2) Isasti, *Compendio historial de Guipuzcoa,* p. 476.

censis), le chant des laudes annoncent la fête.
Puis, suivant un ancien usage, 70 danseurs avec
ceintures rouges et alpargates (*albis calceis*) exécutent avec agilité et maestria l'*espata dantza,* agi-
tant épées et bâtons (*armata saltatio instituitur,
rudibus et gladiis batuentium*). Un marché fondé
en l'honneur du nouveau patron de la ville attire
la foule. Le lendemain clergé et magistrats se
rendent en procession, avec les danseurs, les
chanteurs et la musique, à Loyola; et comme la
petite chapelle de l'étage supérieur de la *Casa
Santa* ne peut contenir cette foule, c'est en plein
air qu'on a dressé l'autel adossé, sous une riche
tenture, à la porte d'entrée, et que se chante la
messe. La statue du Saint domine, tenant de sa
main gauche un parchemin sur lequel est écrit le
nom de Jésus (probablement le JHS). Le P. Gamboa prononce un court sermon, puis la foule se
presse pour aller vénérer la *Santa Casa.* Un riche
ceinturon ayant appartenu à Ignace y est déposé
pendant huit jours et doit être ensuite reporté à
l'église d'Azpeitia jusqu'à ce qu'on ait pu cons-
truire le collège déjà en projet et qui ne devait
être commencé, on le sait, que quarante ans plus
tard, en 1689. Dans l'après-midi une course de taureaux (*taurorum venatio*) et un grand banquet offi-
ciel couronnent la fête. Et le pieux jésuite s'étend
longuement sur la piété des fidèles et du clergé (1).

(1) *Acta Sanctorum,* tome 7ᵉ de juillet. Paris, Palmé, 1868,
*Gloria posthuma S. Ignatii Loyolæ confessoris. Publica erga
sacrarium Loyolanum veneratio,* p. 197 et suiv.

Ce culte enthousiaste d'Azpeitia pour le plus illustre de ses fils s'était d'ailleurs propagé de bonne heure dans toute la province et en Biscaye : dès 1610 les *juntas* de Guipuzcoa tenues à Zumaya avaient proclamé Ignace patron de la province et bientôt tout jésuite fut déclaré citoyen guipuzcoan. Les fêtes de la canonisation de 1622 furent aussi pompeuses à Tolosa et à Azcoitia qu'à Azpeitia même. A Loyola, le 22 juillet 1624, le clergé guipuzcoan adopta Ignace pour son patron tout spécial.

Enfin en 1680., aux *Juntas* de Guernica, la seigneurie de Biscaye prit aussi saint Ignace pour patron à cause de ses origines biscayennes et alavaises, car le P. Gabriel de Henao, de la Compagnie de Jésus, a doctement établi les alliances des Oñaz et Loyola avec les Licon d'Ondarroa, Balza d'Ascoitia et Guebara d'Alava.

Mais après ces triomphes vinrent les mauvais jours. Depuis soixante-dix ans se poursuivait l'exécution du plan grandiose de Fontana : l'église et l'aile droite du collège étaient achevées, l'aile gauche s'élevait à la hauteur des fenêtres du premier étage quand, le 3 avril 1767, les Pères de la Compagnie de Jésus furent brutalement expulsés de la vallée d'Yraurgui comme du reste de l'Espagne.

Mais de courageux Guipuzcoans se firent les gardiens fidèles de la maison de saint Ignace et de ses trésors, incorporés à la couronne. D. Juan de Landa et les directeurs de la *c sa de misericordia* d'Azcoitia s'y succédèrent jusqu'en 1795.

A cette époque l'intelligent courage de D. Pedro de Larrumbide et de ses 200 miliciens envoyés par la *junta provincial* sut détourner l'orage de la première invasion française et sauver le trésor dont bonne partie prit secrètement le chemin de Madrid.

Un peu plus tard, les Prémontrés d'Urdach, chassés de leur abbaye par les armées françaises, se réfugient à Loyola qu'ils occupent jusqu'en 1806. Pendant deux ans, un courageux commissaire du Roi d'Espagne fait encore bonne garde. Mais en 1808 éclate la guerre de l'indépendance, le trésor est enfoui, et un peu plus tard en 1812, envoyé à Bilbao.

La fameuse statue d'argent de saint Ignace y fut embarquée pour Cadix, où on la reçut avec les honneurs réservés aux capitaines généraux.

De 1813 à 1816, Loyola fut tranformé en hôpital militaire; la *Casa Sant* demeura toutefois ouverte, et l'on y célébra la messe les dimanches et fêtes.

Enfin, en 1816, à la demande des Azpeitians et par ordre du Roi du 1er avril, quatre vieux Jésuites, les PP. Arévalo, Sorosain, Oyarzabal et Huarte, reviennent habiter ces lieux bénis et y sont reçus, on devine avec quelle joie! par les habitants de la vallée; vers la fin de cette même année, la députation provinciale envoie à Loyola la statue d'Ignace rapportée de Cadix.

Durant ces cinquante dernières années, les bons Pères ont dû reprendre plus d'une fois le chemin de l'exil ; la ville d'Azpeitia a dû acheter, à beaux deniers comptants, la statue d'argent d'Ignace mise à l'encan ; la fameuse république de Prim, Serrano y Topete, n'a pas manqué d'user contre les Jésuites des mêmes persécutions et d'expulsions identiques. En deçà comme au delà des Pyrénées, ce sont toujours mêmes cris harmonieux et mêmes procédés de ces amants si passionnés de la liberté qu'en bons jacobins ils la veulent tout entière pour eux !

Mais l'heure du triomphe a sonné... au moins pour quelque temps : l'année 1888 a vu, après deux cents ans, l'achèvement de l'œuvre gigantesque de Fontana et la solennelle consécration de la superbe église de Loyola.

.•.

Mais nos souvenirs nous font quasi oublier le but de notre excursion, et nous voici déjà dans le vaste parloir du couvent. Avec une exquise amabilité, le bon Père supérieur nous permet de tout voir et nous donne un Père qui avec une complaisance jamais lassée nous promène partout.

Les deux grandes ailes d'abord qui composent le couvent proprement dit et entourent à droite et à gauche l'église et la *Santa Casa*, l'ancien château seigneurial des Loyola : vastes corridors avec la série de portraits de tous les généraux de l'ordre, de ses martyrs et confesseurs; chapelle des novices, réfectoire, salle haute où se voient encore les pupitres des délégués venus ici l'an dernier des quatre coins du monde pour l'élection du dernier général. Par les hautes croisées, vues riantes soit sur Azpeitia, soit, de l'autre côté, sur Azcoitia et l'entrée de la vallée. Dans chacune des deux ailes un double et monumental escalier, orné de statues, relie tous les étages. Entre ces ailes et en arrière de l'édifice, des promenoirs, des jardins et un vaste potager fort bien entretenus.

L'église est une merveille où l'on ne sait le plus qu'admirer, des grandes lignes de l'ensemble — qui rappellent le Panthéon d'Agrippa ou plutôt la coupole de Saint-Pierre de Rome — ou des mille détails de sculpture et d'ornementation des autels et des tribunes. Nous avions vu cette église toute rayonnante de splendeur au soir du 31 juillet, quand le salut solennel donné par l'évêque de Vitoria s'acheva par le chant triomphal de la *Marcha de San Ignacio*; mais en la revoyant calme et silencieuse, nous avons pu apprécier mieux encore toutes ses beautés : grandes lignes de la coupole, maître-autel aux mosaïques de marbre précieux, grandes orgues, chaires doubles et tribunes délicatement sculptées, autels divers de forme et d'ornementation. Au devant de l'église le péristyle a grand air avec sa haute voûte, ses arcades, son triple escalier, sa statue de saint Ignace en marbre blanc et son vaste fronton sur lequel se détache le double écusson d'Espagne et d'Autriche, en mémoire de la reine Marie-Anne, veuve de Philippe IV, qui reçut Loyola des mains des descendants d'Ignace pour le transmettre à ses fils.

Outre cet écusson royal, une belle inscription sur les murs du collège rappelle cette donation princière :

Los excelentissimos Señores Don Luis Enriquez de Cabrera y Doña Teresa Enriquez de Velasco, su muger, marqueses de Alcañizas y Oropesa, dueños poseedores de la venerable casa solar y mayorazgo de Loyola en que nació el glorioso patriarca San Ignacio, fundador de la Compañia de Jesus, cedieron libre y espontaneamente la dicha casa á la serenissima Señora Doña Maria Anna de Austria, reina madre de Hespaña, para fundar en ella este colegio real de la Compañia, año de 1681.

Mais la merveille des merveilles, c'est la *Casa Santa,* la maison où naquit Ignace et où il fut rapporté blessé du siège de Pampelune, pour se convertir bientôt et courir à d'autres et plus illustres batailles. Cette maison, précieusement conservée, suivant le vœu de la famille, au milieu des constructions élevées tout autour depuis 1689, garde à l'extérieur l'aspect si original des *casas torres* de la contrée. Au dessus de l'ogive de la porte d'entrée, l'écu de Loyola (la chaudière accotée de deux loups) et l'inscription suivante :

Casa solar de Loyola
aqui nacio San Ignacio en 1491
aqui visitado por San Pedro
y la Santísima Virgen
se entregó á Dios en 1521

Jusqu'à la hauteur du premier étage, la cons-
truction est formée de larges assises de pierres
grises; au dessus, et jusqu'au faîte, ce sont des
murs de briques avec, au dessous des fenêtres et du
toît, des cordons en saillies losangées. Aux quatre
angles, de petites tourelles en encorbellement.

La maison tout entière est transformée en une
série de chapelles ornées de sculptures, de mar-
bres, de vitraux, de tableaux et de bas-reliefs re-
disant tous les épisodes de la vie d'Ignace. Entre
tous ces sanctuaires, le plus édifiant et aussi le plus
curieux est celui du troisième étage, l'ancienne
chambre où le vaillant capitaine guérit de ses
blessures, lut la vie des saints et se donna à Dieu.
Un autel fort riche a été élevé à la place du lit; de
belles lampes y brûlent constamment autour d'une
précieuse relique. Ce sanctuaire est séparé par une
belle grille du reste de la salle, et au plafond se
voient de naïfs et curieux bas-reliefs représentant
saint Ignace prêchant aux habitants d'Azpeitia, à
son retour dans sa patrie, — saint Ignace remettant
l'étendard de la foi à saint François-Xavier partant
pour les Indes, — saint François de Borgia aux
pieds de saint Ignace.

C'est ici qu'au 31 juillet et les jours suivants les
romeros (pèlerins) se pressent nombreux pour vénérer le Saint bien-aimé des Basques et baiser ses
reliques (1).

(1) A ceux de nos lecteurs qui n'ont pas eu encore le
bonheur de visiter ces lieux bénis, nous recommandons

Nous ne saurions quitter Loyola sans faire ici
un aveu : avant d'avoir longuement vu cette église
et les autres églises et chapelles du Guipuzcoa,
nous partagions sans réserve les préventions de
nos amis de France à l'endroit de l'art espagnol;
volontiers nous aurions parlé du prétendu mauvais goût des architectes, décorateurs, peintres et
sculpteurs d'au delà les monts, construisant des
édifices sombres, sans fenêtres, ressemblant à
l'extérieur à des forteresses, surchargés à l'intérieur de rétables immenses, de statues sans nombre, de dorures à profusion. Volontiers nous
proclamions que nos églises de France, largement
éclairées, de formes extérieures plus élégantes,
d'ornementation plus sobre à l'intérieur, l'emportent au point de vue artistique. Après examen,
nous sommes obligé de confesser que les églises
de Guipuzcoa que nous avons pu voir — de Fon-
tarabie à Saint-Sébastien et de Zumarraga à Zumaya
et à Usurbil — sont de vrais musées étalant des
merveilles, non pour le vain plaisir des yeux, mais
pour l'enseignement des fidèles. Pas une où une
vieille peinture sur bois, un *Ecce Homo,* une Sainte
Famille, un Crucifiement, une *Mater Dolorosa,*
n'attire et ne retienne le regard. Tel rétable, à
Irun, à Zumaya, à Azpeitia, retrace la vie tout

une excellente étude, avec plans et gravures, que nous
avons rapportée d'Azpeitia et qui fournit de précieux détails : *La Santa Casa de Loyola,* por el P. Rafael Perez,
S. J., Bilbao, 1891, in-8.

entière des saints et des saintes les plus illustres.
Et combien ces sculptures, pour qui sait les regar-
der, sont vivantes, expressives ! C'est le catéchisme
et la vie des saints par les yeux. Pour le compren-
dre, il faut avoir vu les plus humbles filles du peuple et les enfants les contempler.

Chez nous, au contraire, grâce au triple vanda-
lisme des classiques des deux derniers siècles, des
tristes héros de 93 et des prétendus restaurateurs,
amateurs ou officiels, de nos jours, quels barba-
rismes et quelles pauvretés en nos églises et même
en nos cathédrales ! Sans doute on a fait des peintures murales, quelques-unes très belles, à Notre-
Dame de Bayonne par exemple ; on a élevé de
gracieux autels, on a copié plus ou moins heureusement de vieux vitraux... Mais tout cela est vraiment trop savant, trop *exquis* pour la foule qui,
faute de mieux, surcharge parfois les autels de
médiocres statues et de bouquets de fleurs artifi-
cielles ! Quelle différence avec l'art expressif et
religieux avant tout, tel que l'avaient conçu et réa-
lisé nos maîtres ès-œuvres du moyen-âge, tel que
nous l'avons vu, vivant encore, en Guipuzcoa !

LES DERNIERS JEUX. — ESPATADANTZARIS
PILOTARIS ET CHISTULARIS

Mais le ciel s'est éclairci, un faible rayon de
soleil perce la nue; il est plus que temps de nous
arracher à ces lieux bénis où le grand cœur d'I-
gnace se donna pour jamais à son Divin Maître, et
où ses fils mille fois chassés et toujours rappelés
gardent si pieusement son culte et ses immortelles
constitutions; il nous faut dire adieu à la *Santa
Casa* et regagner Azpeitia.

La fanfare y fait retentir un joyeux passe-rue et
nous appelle au balcon de la *Casa de l'Ayuntamiento,* où nous retrouvons l'infatigable M. d'Abbadie, Mme d'Abbadie, M. le curé d'Azpeitia, les
Membres de la Commission, entourant l'Alcalde.
Sur la place, la foule attend, anxieuse, les danseurs
de Berris, *anteiglesi*i de Biscaye près Durango,
dont on dit merveille. Les voici qui s'avancent vers
l'estrade, d'un pas vif, marqué par deux *tamborileros* jouant à ravir la *flauta,* le *ttunttun* et le tambour.

Ils sont huit, et à leur tête marche le fils d'un
vaillant colonel carliste, Bengoitia, tenant en main
l'épée de son père : tous les huit sont d'ailleurs
armés d'une épée et d'un bâton ou plutôt d'une
massue. Leur costume est à la fois très simple et
très élégant : veste noire sur l'épaule, chemise et
pantalon blancs, espadrilles blanches, béret et
ceinture rouges, au bas des jambes quelques gre-

lots. Le dernier des huit porte la *bandera* de Biscaye, qu'il brandit tout d'abord en faisant le
moulinet sur la tête de ses compagnons inclinés,
puis le drapeau est confié à l'un des alguazils
d'Azpeitia.

L'*espata dantza* commence aussitôt : vestes,
épées et massues sont déposées à terre; sur un air
de plus en plus vif et cadencé, les huit sautent,
pirouettent, se croisent, s'entrecroisent avec une
légèreté, une grâce et un ensemble parfaits; après
quoi chacun des danseurs exécute des solos, puis
deux par deux, quatre par quatre, les huit pirouettent, lancent en l'air leur jambe gauche, se re-
tournent avec une adresse et surtout une mesure
étonnantes. A ce prélude succède un double as-
saut d'abord à l'épée, puis à la massue, et les
coups vigoureux retentissent, marquant le pas.

Cette danse des épées est de la plus haute originalité et probablement très ancienne dans les
trois provinces. D'aucuns la font remonter à *las
Navas* de Tolosa ou à la bataille de Beotibar en
1321. On nous dit cependant que les jeunes gens
de Marquina et surtout ceux de Zumarraga y ajou-
tent quelques pas et des figures plus remarquables
encore.

Le *zortzico*, tout aussi classique dans les provinces et en Navarre, est ensuite dansé et se compose
de deux parties bien distinctes. Tout d'abord les
huit se promènent lentement, se tenant par la
main aux accords d'une marche solennelle. Puis

le chef de file — l'*aurescu* — et le dernier des danseurs — l'*atzescu* — exécutent des solos de sauts et de pirouettes, reprenant toujours la main de leur voisin. La promenade et les solos achevés, deux des danseurs descendent de l'estrade et vont, le béret à la main, inviter une jeune fille de l'assistance qui vient se placer, droite, immobile, les yeux baissés, au milieu des danseurs ; les huit exécutent autour d'elle un pas joyeux et vif ; la jeune fille tend à l'*aurescu* son mouchoir de sa main droite et de sa main gauche prend le mouchoir du deuxième danseur ; la promenade lente et solennelle recommence autour de l'estrade ; au deuxième tour l'*atzescu* envoie quérir une deuxième danseuse, puis six jeunes filles montent à leur tour. Et alors les *tamborileros*, changeant brusquement de rhythme et marquant un pas de danse, les huit jeunes gens et les huit jeunes filles se faisant vis-à-vis deux par deux, lèvent leurs bras en cadence et exécutent la *jota vascongada,* beaucoup plus modeste, plus grave, plus gracieuse aussi en sa noble simplicité, que la *jota aragonesa.*

Cette deuxième partie du *zortziko* est évidemment de date plus récente que la première. Tous les assistants et aussi les graves personnages du balcon de la *Casa Consistorial* applaudissent, et les huit viennent recevoir le prix de 200 pesetas offert par la ville d'Azpeitia.

Par malheur, la pluie recommence et oblige de

renvoyer encore la partie de pelote au blaid avec gants, si impatiemment attendue.

La foule se disperse, les gens graves et aussi jeunes gens et jeunes filles font les cent pas sous les arcades, les *cidrerias* retentissent de chants joyeux et au balcon de la *posada* les *bersolaris*, toujours infatigables et toujours féconds, improvisent *coplas y versos*.

∴

Dans la soirée un concert vocal et instrumental est donné dans une vaste salle d'école, au deuxième étage de la *Casa Consistorial*. La plus aimable société d'Azpeitia est accourue, avide d'entendre encore d'excellente musique et d'acclamer M. d'Abbadie.

Et pendant que violons, piano et bassons s'accordent, nous jetons un coup-d'œil sur les murs de l'école qui nous rappellent trop, hélas! que nous sommes loin des écoles officielles de notre France actuelle. Ici le Crucifix brille à la place d'honneur, au mur sont appendus des extraits de l'Ecriture sainte; nous sommes bien dans la catholique Espagne et au pays de saint Ignace!

L'ouverture de *Si j'étais Roi* est supérieurement exécutée par piano et harmonium; après quoi l'orchestre, très bien conduit, exécute à ravir une excellente symphonie, *Preludio del Anillo de hierro*, de Marqués.

Et enfin basses, barytons, ténors et soprani attaquent et exécutent avec âme et ensemble un chant triomphal en l'honneur de M. Antoine d'Abbadie, *Bizi-bitez Euskara ta Euskaldunak!* (Vive l'Escuara! Vivent les Escualdunaks!)

Nous nous faisons un doux devoir de donner ci-après ce beau chant, dont les vers sont du P. Jose Ignacio de Arana, un des meilleurs poètes basques, et la musique de D. Toribio Eleizgeray, le maestro émérite et l'organiste distingué dont nous avions goûté la veille et le matin les mélodies (1).

Tous les assistants, est-il besoin de le dire? acclament à la suite des chanteurs M. Antoine d'Abbadie.

.·.

Les premières heures du mardi, troisième et dernier jour de ces fêtes, sont pluvieuses et sombres; un orage a éclaté dans la nuit, et un moment la grêle a menacé les beaux maïs et les riches vergers de la vallée.

Et toutefois le marché ordinaire du mardi a attiré aux abords de la grande place une foule de paysannes coiffées de blancs mouchoirs, étalant des fruits et des légumes plantureux. Parmi ces paysannes de tout âge, que de gracieux visages et quels regards à la fois vifs et modestes! Quels vaillants jeunes gens au regard calme et fier, aux allures décidées! On nous avait bien dit que la

(1. Voyez l'*Appendice*.

vallée de Loyola est justement renommée par la beauté grave et digne de ses femmes et l'élégante vigueur de ses *paisanos !*

Et quelle politesse de race! Ici pas de cris, pas de disputes malsonnantes, comme en certaines halles de nos grandes villes. On se presse un peu, on se bouscule à peine, les flâneurs et aussi les acheteurs ont quelque peine à se frayer passage; mais tout se passe avec calme et courtoisie.

Dans les rues les boutiques sont ouvertes aux premières heures : ici une *cidreria* toute proprette, plus loin un métier de tisserand, près de l'église un atelier de sculpteur sur bois où l'on travaille à un très bel autel à colonnes corinthiennes. C'est une famille qui offre cet autel à une église du voisinage. Tout sculpté, mis en place et doré, il coûtera 20 à 22,000 réaux, 4 à 5,000 fr. Le ferait-on en France pour 10,000 livres?

Dans la rue un vieil aveugle de Castille chante ou plutôt nasille, en s'accompagnant de la guitare, une *seguidilla* de circonstance :

> *Vamos al fronton,*
> *Vamos sin tardar,*
> *Que los pelotaris*
> *En la cancha estan.*
>
> *— Porque es mi ilusion*
> *Ver á un jugador,*
> *Volver la pelota*
> *Con fuerza otra vez.*

Ce jour-là, troisième après la fête de la Nativité, il y a encore grand'messe à l'église paroissiale, avec chœur et orchestre. C'est une œuvre de Secanilla, maître de chapelle très goûté dans la province, que donne la maîtrise, et à la suite elle chante la fameuse *Marcha de San Ignacio,* si populaire en Guipuzcoa et dans tout le Pays Basque espagnol. Cette marche aux notes vives, entraînantes, chantée avec âme, accompagnée par un excellent orchestre et les grandes orgues, est d'un effet splendide sous les voûtes de cette belle église d'Azpeitia. C'est bien le cri de foi de ces vrais fils de Saint Ignace (1)!

.
. .

Vers dix heures, une éclaircie se produit; la Commission en profite pour donner, sur la grande place de l'*Ayuntamiento,* la course des *cruches.* Une dizaine de jeunes filles s'étaient exercées depuis huit jours, mais trois seulement se présentent sur la place déjà pleine de spectateurs formant de deux côtés une longue haie. Ce n'est pas, comme en Labourd, une cruche de grès que portent sur la tête ces jeunes filles, mais le *sullo* ou *rada* du pays, seau de bois cerclé de fer, en forme de cône tronqué. Au signal donné, elles partent ensemble d'un pas vif et leste; elles parcourent trois fois la place, de la *Casa Consistorial* à l'Urola, prenant à chaque tour une bran-

(1) Voir à l'*Appendice* la *Marcha de San Ignacio.*

che d'arbre qu'elles doivent rapporter au point de départ; mais la plus jeune, Maria Arocena, a bientôt distancé de beaucoup ses compagnes et gagne le premier prix. Elle a 14 ans et demi, et il faut voir l'enthousiasme de ces jeunes filles et leurs grands yeux quand, toutes rouges d'émotion, les trois viennent recevoir à la *Casa Consistorial* les louis d'or : 50 francs à la première, 30 à la seconde, Inès Olarte, 10 à la troisième, Francisca Orbegozo.

Le soleil boude toujours, mais il ne pleut pas; tout le monde court à la place du jeu de paume au blaid pour voir enfin la partie si impatiemment attendue. C'est une grande et belle esplanade tout nouvellement construite, car l'ancienne place à la longue (*al largo*), à côté de l'église, a été délaissée et transformée en jardin public. Les goûts changent en Guipuzcoa comme ailleurs, paraît-il, et le blaid fait actuellement fureur.

Très bien installée d'ailleurs, la nouvelle place : sur deux des côtés, deux murs perpendiculaires de 6 à 8 mètres de haut, l'un des murs sert de but, l'autre de contre-but; des deux autres côtés sont élevés des gradins. M. d'Abbadie, les membres de l'*Ayuntamiento* et de la commission des fêtes prennent place au premier rang.

Au devant du banc d'honneur les trois juges sont assis à cinq ou six mètres l'un de l'autre; un petit bonhomme, à la mine éveillée, se tient au pied du but, prêt à marquer les points sur un double cadran, rouge pour Azpeitia, noir pour Saint-Sébastien.

Quatre jeunes *pilotaris* sont déjà sur la place prêts à la lutte, Luis et Vicente Eceiza Marduras deux frères d'Azpeitia, contre Juan Arrue *el Frances* et Ricardo Viquendi *el Zurdo,* de Saint-Sébastien.

Mais avant la partie, M. d'Abbadie fait lire, suivant l'usage, la pièce de vers qui a remporté le premier prix, le makhila d'honneur : *Ama baten otsa scaskarcn ondoan* (chant d'une mère auprès du berceau). M. Guillermo Iguaran, d'Irun, lit d'une voix émue et sympathique ces vers harmonieux et délicats, et tout le monde applaudit le nom de l'aimable poète : D. Francisco Lopez Alen, de Saint-Sébastien.

On acclame aussi le deuxième lauréat, M. Felipe Casal Otegui, qui a obtenu le deuxième prix, une *once* d'or, 80 francs, pour son charmant *Ama Euskara eta berc umiak* (la langue basque et ses fils). M. Otegui est aussi de l'heureuse ville de Saint-Sébastien, fertile en poètes et en artistes (1).

La partie de blaid commence, et 6 à 8 points se succèdent, chaudement disputés ; lancée par ces longs gants d'osier, la balle blanche bondit avec une merveilleuse élasticité ; mais plus merveilleuse en-

(1) Voir, à l'*Appendice,* ces deux belles pièces et le chant enthousiaste *Gauden Eskualdun (Restons Basques!)* spécialement composé par notre ami *Zalduby* pour les fêtes d'Azpeitia.

core est l'adresse de ces beaux jeunes gens, élégants et souples ; la balle est changée presque à chaque point, et ce sont les perdants qui acceptent la nouvelle. Mais vers midi la pluie, une pluie *à cantaros*, comme on dit là-bas, vient brusquement interrompre les joueurs, et tout le monde déguerpit.

Dans l'après-midi la partie est reprise à 40 points. Les *pilotaris* de Saint-Sébastien l'emportent enfin ; mais la victoire leur a été chaudement disputée, car les champions d'Azpeitia les ont suivis de près et ont fait 35 points.

Viquendi y el Frances reçoivent les 400 francs ; en outre ce dernier, *el Frances*, reçoit le prix de 100 francs réservé au meilleur des quatre joueurs.

..

Les spectateurs reviennent, en faisant mille commentaires sur les *pilotaris*, à la grande place et au balcon de l'*Ayuntamiento* pour entendre les *tamborileros* et *chistularis*, Galo Iriarte, d'Oñate, et Martin Elola, de Zumarraga : ces artistes, soutenus par l'habile *tamborilero* d'Azpeitia, Gregorio Larralde, ont si bien joué les airs les plus connus et les plus aimés, si bien soufflé dans leurs flûtes et exécuté de si prestigieux roulements de baguettes avec leurs tambours, que le jury a dû partager le prix de 50 francs, devant une foule enthousiasmée de paysans accourus des environs et des vallées

voisines pour disputer, eux aussi, le prix au concours des vaches laitières.

..

Le spectacle de cette vaste place de la *Casa
Consistorial*, transformée en marché, était à ce
moment des plus curieux à contempler : devant
leurs belles vaches docilement rangées en file, les
braves paysans s'agitaient, l'un faisant le moulinet
avec son *makhila*, l'autre expliquant doctement
et avec une mimique expressive toutes les qualités
d'une bonne et riche laitière; un autre rappelait
telle belle vache de son étable, primée en maint
concours, et qui jamais, jamais! n'eut sa pareille.
Et chacun de tirer à soi les membres du jury pour
leur faire voir, admirer et palper sa belle vache
laitière. Les noms de ces braves, aussi harmonieux
que ceux des guerriers de l'Iliade, sont à noter
ici, avec leur saveur toute locale : on voyait là
José Ignacio Olaizola, Martin Zavaleta, José Maria
Ecenarro, Florentino Arzuaga, Eugenio Iturralde,
Iosé Maria Arizti, Miguel Ignacio Echeberria,
Juan Ignacio Arregui, José Ignacio Albezuri, José
Maria Altuna, José Francisco Echaniz, tous *vecinos*
d'Azpeitia; José Ignacio Garate, d'Azcoitia; Juan
Francisco Otaño et José Joaquin Iturriza, de Bei-
zama; José Severo Urdapilleta, de Vidania.

Enfin, le silence se fait, le jury prononce : Florentino Arzuaga, du *caserio* d'*Orendandi* d'Azpeitia, reçoit la prime de 100 pesetas d'or offerte
par la ville.

Le soir de ce dernier jour, et pour couronner dignement ces belles fêtes, le Cercle catholique d'Azpeitia nous conviait à entendre une deuxième fois et ses excellents musiciens et ses chanteurs et amateurs *di primo cartello*. Dames et demoiselles garnissaient, comme l'avant-veille, la belle salle du Cercle : violons, piano, contrebasse, violoncelle et bassons s'entendent à qui mieux mieux, et les acteurs de bonne volonté ont joué une fine comédie (*Tipos Navarros*). Eh! eh! ces braves gens d'Azpeitia savent rire doucement des autres provinciaux! Dimanche, on raillait les Andalous; ce soir, on se moque des Navarrais. Mais à Pampelune et à Séville on a sans doute bon caractère.

Comme dimanche, la soirée s'est terminée par le chant majestueux du *Guernicáco Arbola*.

D'AZPEITIA A HENDAYE

Le lendemain matin, Monsieur le Maire et Messieurs les Membres de la Commission des fêtes accompagnaient jusqu'à la sortie d'Azpeitia M. et Mme d'Abbadie, escortés de la fanfare jouant un brillant *zortzico* et d'une foule d'aimables gamins jetant en l'air leurs bérets aux cris mille fois répétés de *Viva, viva Don Antonio Abbadia !*

Nous quittions, de notre côté, non sans regret, nos amis et cette charmante vallée, et ce retour nous réservait encore d'aimables surprises.

Ces Messieurs nous avaient tant vanté les beautés de la route par Zumaya et la côte jusqu'à Saint-Sébastien, que nous étions tout d'abord tentés de prendre place sur la *Vascongada,* diligence élégante qui se prélassait devant la *fonda,* prête à reprendre son service quotidien sur cette route ; mais en diligence, même du haut d'une banquette, on ne peut tout voir à loisir, on ne peut surtout s'arrêter quand il en prend fantaisie.

Nous disons donc un dernier adieu à l'excellente *Fonda de Arteche,* dont nous recommandons à nos amis de France le bon accueil, le chocolat parfumé, le solide *puchero,* le cidre mousseux et le généreux vin de Navarre ; et au lieu d'aller remonter prosaïquement dans le train à Zumarraga, nous prenons avec M. le chanoine Adéma une *cesta* légère, admirablement enlevée par deux fringants petits chevaux, pour descendre la vallée de l'Urola.

Au sortir d'Azpeitia la vallée se resserre brusquement et offre tout d'abord le même aspect que la gorge de Zumarraga à Azcoitia. A droite et à gauche de hautes montagnes, de loin en loin de grandes et belles maisons au toit à deux eaux, toutes ouvertes dans le haut, de nombreux enfants pieds nus, aux grands yeux effarés, sur le pas des portes; partout de vastes champs de maïs, de nombreux vergers surchargés de fruits, de pommes surtout, des bois de chênes et de châtaigniers escaladant les cîmes. La pluie tombe encore et quelques nuages gris s'accrochent aux flancs des montagnes. Mais bientôt le ciel se découvre, le soleil luit, les bains de Cestona (le Balaruc de la Province) nous apparaissent sur la rive gauche de l'Urola, et quelques cent mètres plus loin le gros bourg avec sa belle église renaissance. Le rétable du grand autel de Cestona est surtout remarquable.

Au delà, et après quelques gracieux méandres de l'Urola dont le cours devient de plus en plus large et paisible, la vallée s'élargit, la mer apparaît dans le lointain et au bout d'une large chaussée la petite baie de Zumaya, où sont ancrés quelques goëlettes, chasse-marées et *lanchas;* à gauche, et dominant la baie, est l'église posée sur une petite hauteur et entourée de vieilles et curieuses maisons.

Cette église se compose d'une seule voûte à

nervures élégantes, du xvie siècle : le rétable du maître-autel a de curieuses sculptures retraçant la vie de saint Pierre, le patron du lieu ; dans la sacristie un intéressant tableau sur bois représente des caravelles avec des croix sur le plat bord. Serait-ce un souvenir de Lépante ou tout au moins des courses d'outre-mer ? En tout cas l'église de Zumaya a longtemps appartenu à l'abbaye de Roncevaux, et ce n'est qu'au xviie siècle que le Pape Innocent X l'autorisa à se racheter de cette obédience moyennant une remise de 900 ducats d'or à l'abbé et aux chanoines (1).

La route traverse l'Urola, presque à son embouchure, sur un long et beau pont de fer et, contournant la baie, court le long de la côte au pied des falaises, à cinq ou six mètres au-dessus de la mer. La vue ici, ou plutôt le panorama, est splendide : derrière nous les montagnes de Biscaye, dont les gracieuses silhouettes se détachent en bleu vif sur un ciel pâle ; à notre gauche, les flots bleus à peine agités par une douce brise ; à droite les falaises tantôt verdoyantes, tantôt formées de roches menaçantes ou plissées comme les feuilles de gigantesques in-folios. Deux traînières, toutes voiles au vent, ont le cap sur la baie de Zumaya.

.·.

A l'un des mille détours de cette route aussi

(1) P. de Gorosabel. *Diction. de Guipuzcoa.* Tolosa, 1862, p. 665.

pittoresque, mais beaucoup plus étendue que la côte des Basques à Biarritz, Guetaria nous apparaît avec sa sombre église, ses vieux remparts à demi écroulés, son île de San Anton, vrai nid d'aigle, ou plutôt *atalaya* célèbre dans les fastes maritimes du golfe cantabrique : comme Fuenterrabia et Biarritz, Guetaria porte une baleine en ses armes, et les érudits de la province soutiennent que son nom vient du basque *quea-erriyà*, fumée épaisse allumée sur cette hauteur pour le *guet des baleines*. Les pêcheurs ne vont plus depuis longtemps à la poursuite du terrible cétacé ; mais nombreuses sont les barques qui en face du port tachent la mer bleue de petits points noirs.

Malheureusement le temps nous presse, et nous ne pouvons aller saluer la tombe d'un des plus héroïques enfants de Guetaria, Elcano, le grand navigateur qui accompagna Magellan aux Philippines, et plus heureux que son amiral put ramener en Europe la dernière des cinq caravelles, la *Vitoria*. Sur la tombe se lit la fameuse inscription : *Primus circumdedisti me*, et sur la jetée se dresse la fière statue du navigateur indiquant de son bras droit la route des Indes.

Au delà de Guetaria la route se détourne des bords de la mer et nous atteignons Zarauz, ville fort ancienne, dont l'église a des autels curieux avec triptyques couverts de vieilles peintures du xive siècle : il y a aussi quelques *casas torres* du plus haut intérêt, et entr'autres la magnifique

Torre lucea (torre larga) du plus pur style hispano-mauresque. De l'ancien port de mer qui vit sortir tant de puissantes caravelles, et entr'autres la *Vitoria* d'Elcano, rien plus n'est resté qu'une très belle plage de bains de mer.

Mais les villas modernes abondent, car, avant Saint-Sébastien, Zarauz fut, il y a quelque trente ans, la résidence balnéaire à la mode : on sait que la reine Isabelle y était en villégiature quand éclata *la gloriosa de setiembre* de 1868.

La route s'éloigne de plus en plus de la mer et gravit une gorge pittoresque où les pommiers et les châtaigniers plient littéralement sous le poids des fruits. Tout au haut nous tournons brusquement à gauche, et par des lacets fort bien tracés nous descendons à Orio, petit port de mer aux barques nombreuses. Ici encore un beau pont battant neuf unit les deux rives de l'Oria, et tout à côté se dressent les remblais du chemin de fer à voie étroite qui doit relier Saint-Sébastien à tous les petits ports de la côte cantabrique.

L'église d'Orio se dresse brusquement devant nous, vraie forteresse au bout d'un long escalier. Huit ou dix gamins aux yeux pétillants de malice y font une acharnée partie de blaid contre le mur du porche, et criblent de coups de pelote l'inscription si fréquente en Guipuzcoa : *Se prohibe jugar á la pelota bajo la multa de dos pesetas.* Mais les alguazils ont été promener dans la *huerta !*

La route remonte le cours de l'Oria et gravit

des pentes très pittoresques, mais très raides, séparée désormais de la mer par de hautes collines. A nos pieds, de riants vallons couverts de bois touffus, de vergers surchargés de fruits, de pommes surtout. Le cidre se vendra bon marché cette année! Le *carro* de pommes vaut 8 à 10 pesetas, et certains *manzanales* en ont 600. Les *cuvas* vont faire défaut, et, en attendant, des fillettes, pieds nus, les cheveux embroussaillés, les yeux rieurs, courent après la voiture, offrant fleurs sauvages et pommes rouges.

Les champs de maïs sont aussi fort beaux; de loin en loin, des *caserios* gracieusement perchés au flanc des collines. Tout ce pays nous rappelle, à s'y méprendre, certains coins de nos campagnes du Labourd. Au delà se dressent les montagnes de Tolosa, doucement empourprées des feux du soleil couchant.

Car la nuit approche à grands pas, et c'est à peine si nous pouvons jeter un coup-d'œil sur la belle église d'Usurbil, de style gothique, dont le clocher renaissance est un bijou. Près de l'église est un très beau *palacio*, la *Casa solar de Saroe*.

Au delà d'Usurbil, les *caserios* et grandes maisons de maître se font plus nombreuses. A droite nous apercevons Zubieta. C'est là qu'au lendemain du 31 août 1813, et pendant que Saint-Sébastien s'abîmait dans les flammes, les courageux membres de l' *Iyuntamiento* et quelques habitants de la malheureuse capitale du Guipuzcoa se réunissaient dans la *Casa solar* de *Aizpurua* qui porte l'éloquente inscription suivante :

LA GUERRA ASOLÓ A SAN-SEBASTIAN
EL PATRIOTISMO DE SUS EDILES
AQUI CONGREGADOS
LA LEVANTÓ DE SUS RUINAS.
¡ BENDITOS LOS HIJOS QUE SALVAN A SU MADRE (1)!

Enfin, après une dernière montée, nous apparaissent le quartier de *Antiguo,* sa nouvelle église, le palais de Miramar, la baie et la ville de Saint-Sébastien : dans la rade se balance le croiseur de guerre *El Conde de Venadito.*

Le soleil a disparu à l'horizon; c'est à peine si nous pouvons reconnaître au passage les landaus de la cour ramenant la Reine d'une promenade et escortés seulement de deux carabineros.

Et le train du soir nous ramène rapidement à Hendaye, où une mortelle halte de deux heures nous permet de songer longuement aux charmes de cette belle vallée d'Azpeitia et de cette route si pittoresque de Zumaya à Saint-Sébastien.

Mais à ces regrets se mêlait un vif sentiment de reconnaissance, et comme les *muchachos* d'Azpeitia nous redisions de tout cœur : *Viva, viva Don Antonio Abbadia!* Vivent aussi nos amis d'Azpei-

(1) EUSKAI-ERRIA. Tome V, p. 238.

tia dont le gracieux accueil et l'exquise politesse
nous ont vraiment séduit. Puisse le vénéré Président de l'Institut de France donner longtemps
encore ces belles fêtes euskariennes qui raviyent
au cœur des Basques et de leurs amis l'amour et
le culte des plus nobles traditions ! Puissent aussi
les heureux habitants du pays de saint Ignace
conserver toujours vifs et purs leur foi de chrétiens
et leur patriotisme de vrais Eskualdunaks !

Comme nous achevions de revoir ces souvenirs
de notre excursion, l'excellent *Fuerista* de Saint-
Sébastien nous apporte un écho tout chrétien et
d'autant plus goûté, de cette excellente petite ville
d'Azpeitia, la célébration de la fête de saint François d'Assise par les tertiaires.

La veille de ce grand jour, le portique du couvent de Sainte-Claire et les maisons voisines
étaient brillamment illuminées, et de nombreuses
fusées annonçaient la fête du lendemain.

Le mercredi, 4 octobre, dès le matin, les tertiaires se pressaient nombreux, dès les premières heures, dans la chapelle pour y recevoir le Pain des
anges.

A 10 heures, la maîtrise de l'église paroissiale a
chanté en cette chapelle splendidement illumi-
née la messe solennelle, et un fils de saint Ignace,
le Père Venancio Minteguiaga, a fait un éloquent

panégyrique du Patriarche Séraphique, disant son angélique pureté, son enthousiaste amour de la pauvreté, son humilité profonde, toutes vertus qui doivent exciter l'émulation de tous ses fils et des tertiaires en particulier, en un siècle enivré de sensualisme et d'orgueil. Dans l'après-midi, il y a eu complies, rosaire et vénération des reliques du saint.

Le soir enfin, la cour et l'entrée du couvent et toutes les maisons voisines, illuminées *à giorno,* étincelaient dans la nuit et les eaux bleues de l'Urola reflétaient ces mille feux, pendant que *cohetes y bombas* éclataient à l'envie, à la grande joie des fidèles du saint Patriarche d'Assise.

Honneur, encore une fois, à ces excellents chrétiens d'Azpeitia. En dignes fils d'Ignace, ils savent saluer l'un de ses plus illustres prédécesseurs, François d'Assise, et s'inspirer des exemples de ces deux grands saints.

Comment Dieu ne bénirait-il pas ce pays privilégié où hommes et femmes, sans distinction, arborent si fièrement et si fidèlement l'étendard de la Croix !

JUGES NOMMÉS POUR LES DIVERS CONCOURS

—

Pour les *lasterkaris* (coureurs) :

    D. Benito Benito;
    » Felipe Belamendia;
    » José Maria Loinaz.

Pour la partie de blaid à main nue :

    D. José Gazteri;
    » Lino Benito;
    » Benito Benito.

Pour les *bersolaris* (poètes improvisateurs) :

    D. Resurreccion Azcue;
    » Domingo Aguirre;
    » Angel Antonio Arrese.

Pour les *ojularis* (cri de l'*irrintzina*) :

    D. Raimundo Orbegozo;
    » José Antonio Lasa;
    » José Maria Loináz.

Pour les danseurs :

    D. Nicolas Astiasaran (1).

Pour la course des *lasterkaris con radas* (jeunes filles portaut des cruches) :

    D. Ignacio Abalia;
    » José Maria Aizpuru;
    » Baltasar Barrena.

Pour la partie de blaid avec gants :

    D. Anaztasio Beloqui;
    » Julian Ortiz;
    » Feliz Uranga.

(1) Un seul juge fut nommé pour ce concours, parce que seuls les danseurs de Berris se présentèrent et n'eurent pas de concurrents.

Pour les *chistularis* :

> D. Toribio Eleizgaray ;
> « Gaspar Besga ;
> » Ignacio Velaustegui.

Pour les vaches laitières du pays :

> D. Nicolas Astiasaran ;
> » José Ignacio Arrieta ;
> » N. Barrena.

5

APPENDICE

———

Nous ne saurions donner de plus harmonieux couronnement aux pages qui précèdent que les chants et les poésies basques exécutés et lus à Azpeitia durant ces fêtes : la *Marche de Saint Ignace*, le *Guernicaco Arbola*, les poèmes couronnés, la *Delicatoria* à M. Antoine d'Abbadïe, et enfin un chant spécialement composé par un poète basque labourdin, Zalduby.

M. le chanoine Adéma a bien voulu nous donner une traduction à la fois élégante et fidèle de toutes ces pièces, et quel meilleur traducteur que le poète Zalduby pour tous ces chants célébrant à l'envi les gloires et les beautés du Pays Basque !

A la suite des textes basques et français, nos lecteurs trouveront la musique de la *Marcha de San Ignacio*, du *Guernicaco Arbola*, de la *Dedicatoria* et du *Gauden Eskualdun ;* ils pourront ainsi apprécier toute la saveur et la haute originalité des chants guipuzcoans et les comparer au chant labourdin de Zalduby.

Mais deux de ces pièces — la *Marche de Saint Ignace* et le *Guernicaco Arbola* — résument si merveilleusement les sentiments de foi et de patriotisme des Basques de la province qui a eu l'insigne honneur de donner le jour à Ignace,

à Elcano, à Yparraguirre, le grand saint, l'auda-
cieux navigateur, le poète inspiré, que nos lecteurs
liront sans doute avec plaisir quelques détails à ce
propos.

L'air martial sur lequel se chante le cantique à
allure guerrière en l'honneur de saint Ignace fut,
nous dit-on, composé au siècle dernier par un
marin basque. D'aucuns prétendent que cet air est
plus ancien qu'Ignace lui-même, et que les marins
de Guetaria et du Passage le chantaient bien longtemps auparavant, peut-être même aux temps héroïques où marins basques et marins gascons se
livraient à de furieux combats, qui pour le roi de
Castille, qui pour le roi d'Angleterre.

Et en effet, l'entrée martiale de cette marche,
les reprises par le chœur, puis le chant précipité
comme une charge de cavalerie, enfin le cri triomphal qui le termine, tout ici a un accent belli-
queux.

Mais les marins basques du siècle dernier, plus
paisibles, quoique tout aussi vaillants, ne virent
sans doute en ce rhythme guerrier qu'un harmonieux écho de la fameuse méditation des *Exercices
spirituels* de leur patron bien-aimé sur *les deux éten-
dards ;* ils ramaient avec entrain en invoquant le
grand Ignace contre Beelzébuth et ses suppôts.

Quel fut le texte primitif? On ne sait à ce propos rien de certain.

Le texte basque actuel, en trois parties, tel qu'il
se chante en Guipuzcoa, est l'œuvre d'un prêtre

de Hernani, D. Agustin de Iturriaga. Né en 1778 et mort à Hernani même en 1851, Iturriaga était un bascophile et un poète distingué qui a laissé un précieux recueil de ses poésies; c'est vers le commencement du siècle qu'il composa la *Marcha de San Ignacio*.

Le P. José-Ignacio de Arana, poète basque bien connu par delà les monts, a fait en espagnol une traduction libre et poétique du texte basque d'Iturriaga, et l'a publié pour la première fois à Bilbao en 1872 dans son livre mi-partie basque et espagnol, *Compendio de la Vida de San Ignacio* : texte et traduction sont souvent réimprimés et vendus dans la province.

En ces derniers temps, quelques légères variantes ont été apportées au texte de D. Agustin Iturriaga; mais ces variantes portent seulement sur deux ou trois des derniers vers de chaque strophe et n'altèrent en rien la pensée primitive : elles lui donnent seulement une teinte plus pieuse, d'où le nom de *Marche religieuse* donné à Azpeitia au texte ainsi modifié, par opposition à la *Marche belliqueuse* du texte primitif.

Un prêtre aimable et distingué, M. l'abbé José-Ignacio de Aldalur, mort récemment organiste d'Azpeitia, et dont bien des Bayonnais ont pu goûter le remarquable génie musical lors de la dernière émigration carliste, a fait de nombreuses variations sur l'air primitif de la *Marcha de San Ignacto*. Il avait lui-même composé, sur un canti-

que du P. de Arana, une très belle Marche nouvelle, fort estimée en Guipuzçoa, orchestrée pour
orphéon, musique militaire et fanfare. Cette belle
œuvre, chantée par des voix harmonieuses, bien
exercées, accompagnées par un bon orchestre, est,
nous assurent nos amis d'au-delà les monts, d'un
effet splendide.

Le P. de Arana a lui-même publié cette *marche
nouvelle* en même temps que l'ancienne dans un
curieux opuscule basco-espagnol: *Loyola-co oroitza
tşiki bat. Un pequeño recuerdo de Loyola* (Tolosa
1883).

Enfin l'organiste actuel d'Azpeitia, D. Toribio
Eleizgaray, vient de composer lui-même une nouvelle Marche de saint Ignace, tant le sujet est
fécond et inspire toujours heureusement les amis
du saint Patron de la province!

Mais c'est toujours à la *Marcha antigua* que reviennent volontiers nos Basques guipuzcoans, et
pour notre part nous n'oublierons jamais l'impres-
sion profonde que nous laissa cette Marche quand
au 31 juillet dernier, descendant des montagnes
de Tolosa dans la vallée de Loyola, nous l'enten-
dîmes pour la première fois à Régil, à la fin de la
grand'messe : c'était, sur les lèvres de ces braves
montagnards basques, un vrai cri de fier enthousiasme, que nous retrouvâmes plus harmonieux et
plus vibrant encore le soir de ce même jour à
Loyola.

..

Le *Guernicaco Arbola* d'Yparaguirre a un tout autre accent que la Marche de saint Ignace; ici la note sentimentale domine, et, il faut en convenir, les Basques espagnols le chantent et l'écoutent avec un enthousiasme qui saisit les auditeurs étrangers.

On croit communément, et Manterola semble dire dans son *Cancionero vasco* (1), que ce beau chant fut composé par José-Maria Yparaguirre à Madrid, en 1853, à son retour d'Amérique; d'aucuns ont été même jusqu'à dire en ces derniers temps, sans doute sous l'influence de passions politiques, que le petit poème n'était qu'une des nombreuses compositions banales inspirées par l'arbre de Guernica, et que la musique d'Altuna seule en fait l'originalité et la popularité.

Ces assertions sont absolument inexactes : avant son départ pour l'exil, vers 1842 ou 1843, Yparaguirre avait chanté le *Guernicaco Arbola*. A son retour à Madrid, en 1853, il chanta encore son poème avec beaucoup d'autres; et, comme tous les poètes basques, il y avait, depuis dix ou quinze ans, ajouté de nombreuses strophes et variantes Alors aussi il rencontra un artiste consommé, Altuna, mort il y a quelques années organiste à

(1) CANCIONERO VASCO : *Cantos historicos,* San Sebastian, 1878, p. 76.

Lequeitio. De l'air primitif et sans doute un peu
banal, Altuna sut faire jaillir les notes pénétrantes
qui enthousiasmèrent d'abord les habitués du café
San Luis de Madrid, et bientôt les compatriotes
d'Yparaguirre.

Nous avons de la date de la composition primitive de *Guernicaco Arbola* le témoignage précieux
de deux contemporains : le P. I.-J. de Arana, le
poète érudit qui connaît si bien les gloires de son
cher Pays Basque, et M. le chanoine Adéma.

Notre aimable compagnon de voyage à Azpeitia
nous livre à ce sujet un souvenir tout personnel.
Vers 1845 ou 1846, alors que M. Adéma, jeune
élève au petit séminaire de Larressore, se livrait à
ses moments perdus aux premières inspirations
de la muse euskarienne, l'excellent supérieur,
M. l'abbé Haramboure, voulut un soir donner à
tous, professeurs et élèves, le régal d'une de ces
séances récréatives qui tempèrent un peu l'austé-
rité de la discipline quotidienne et sont toujours
si bien goûtées de tous les enfants, grands et petits. Ce fut Yparraguirre, en partance pour l'Amérique, qui en fut le héros. « Il me semble encore,
nous disait M. Adéma, voir le barde, déjà célèbre
dans les trois provinces basco-espagnoles, entrer
en scène, sur le petit théâtre improvisé, d'un pas
vif et leste, sa tête expressive coiffée d'un béret,
sa *gaita* ou guitare en main, ses yeux enflammés,
sa barbe élégante à la royale, sa fine taille dessi-
née par une ceinture rouge, ayant aux pieds de

légères espadrilles. Il nous salua avec beaucoup d'aisance et de grâce, et se mit à chanter quelques-uns de ses *zorzicos* d'une voix chaude et vibrante, soutenue par les accords sonores de sa guitare : il nous donna la fleur de ses poésies, déjà populaires par delà les monts, et sa voix si harmonieuse, ses vers si bien inspirés soulevèrent bientôt de vifs applaudissements. Ces bravos exaltaient le barde, qui visiblement et à certaines reprises improvisait. Un de ces chants les plus expressifs disait la vie errante du poète, les douleurs de l'exil, l'espoir du retour en la patrie adorée :

Güitarra sarcho bat dut
Neretzat laguna,
Horrela ibilzen da
Artist euskalduna.
Egun batean pobre,
Berzietan jauna
Cantatsen pasatsen dut,
Nic beti eguna.

« J'ai pour compagnon une vieille guitare; ainsi « voyage l'artiste euskarien. Pauvre aujourd'hui, « demain grand seigneur, je passe tous mes jours « à chanter ! »

Parmi les nombreuses strophes que chanta ce soir-là Yparraguirre, il y avait certainement quelques vers du *Guernicaco Arbola*.

Ce premier jet du poète avait-il déjà les neuf premières strophes? On sait qu'il y en a douze aujourd'hui ; mais les quatre dernières, de l'aveu même des admirateurs du poète, sont des additions très postérieures ou plutôt une redite affaiblissant la vigueur et l'originalité de ce petit chef-d'œuvre que deux mots résument, nous l'avons déjà dit, mais nous aimons à le redire encore : Religion et Patrie.

Quant à l'arbre de Guernica, longue en serait l'histoire ; qu'il nous suffise de rappeler aux Basques français du Labourd que jadis leurs aïeux délibéraient sous les chênes et ormeaux voisins de l'église, et se réunissaient en *bilçar* (assemblée générale des anciens) sous les chênes du bois de Haïtce à Ustaritz ; les Basques d'au-delà les monts tenaient leurs *juntas* de Biscaye sous l'arbre de Guernica.

La fondation de la ville de Guernica ne remonte qu'à l'année 1366 ; mais bien avant Ferdinand et Isabelle qui, vers 1480, jurèrent là de respecter les *fueros*, le roi Alphonse VIII avait, au commencement du xiiie siècle, prêté le même serment : une tradition à peu près constante porte que ce fut sous un chêne planté au même lieu qui déjà portait le nom de Guernica. Ce grand fait historique a été admirablement reproduit dans le beau vitrail qui éclaire le vestibule et l'escalier du superbe palais de la *Diputacion* à Saint-Sébastien. L'arbre *foral* se retrouve du reste dans plusieurs des armes des villes et pueblos du Guipuzcoa : Lascano, Villabona, Régil, Saint-Sébastien, Usurbil, Cegama.

« Rien de plus beau, de plus convenable, s'é-
criait récemment un écrivain basque, que d'hono-
rer la mémoire de nos pères en conservant toujours ces glorieuses traditions que le chant immor-
tel d'Yparaguirre ont rendues populaires (1). »

Avons-nous besoin d'ajouter que c'est du *Guernicaco Arbola* que s'est inspiré Zalduby pour le
chant qui nous paraît couronner si bien l'appendice? Comme le barde guipuzcoan, le poète labourdin a voulu célébrer les liens si forts et si
doux du patriotisme basque de l'un et de l'autre
côté des Pyrénées qui font des sept provinces le
seul Pays Basque et de ses multiples dialectes et
sous-dialectes la seule langue *Eskuara*.

(1) EUSKAL ERRIA, *El arbol de Guernica*, par Antonio
Arzac; 30 septembre 1893.

SAN IGNACIO LOYOLACOA–REN IBILLNEURRIA edo MARCHEA

—

LENENGO PARTEA EDO ZATIA

(*Batena*)   Ignacio, gure Patroi aundia,
(*Guciona*) Jesus-en Compañia
          Fundatu
          Eta dezu armatu :
          Ez da ez etsairic
          Jarrico zatzunic
          Iñolaz aurrean
          Gaurco egunean;
          Naiz betor Lucifer deabrua
          Utziric infurnua.
              (*Berriro* — Ignacio, *etc.*)

          Zure soldaduac
          Dirade aingueruac,
          Zure guidaria
          Da Jesus aundia,
          Garaitu dituzte zure anayac
          Etsayac.
(*Birena*) Ez dauca Fedeac
          Ez, Cristau nereac,
          Ez dauca bildurric
          Iñungo aldetic :
(*Guciona*) Ignacio ór-dago,
          Beti ernai dago,
          Or dauca géndea
          Chit garaitzállea

PAS MESURÉ ou MARCHE DE SAINT IGNACE

Traduction littérale et presque mot à mot

—

PREMIÈRE PARTIE

Une voix. Ignace, notre grand patron,
   Tous.   Qui avez fondé
      La Compagnie de Jésus
      Et l'avez armée (pour le combat) :
      Non, il n'y a pas d'ennemi
      Qui d'aucune façon
      Vous approchera
        Aujourd'hui.
    Vienne le démon Lucifer lui-même,
      Ayant quitté son enfer.
        (*De nouveau,* Ignace, etc.)

      Vos soldats
      Sont les Anges ;
      Celui qui vous conduit
      Est Jésus le Grand ;
      Votre Compagnie a vaincu
      Les ennemis.
Deux voix. Non (désormais), la Foi,
      Ni mon Christ,
      N'a de crainte
      De nulle part.
   Tous.   Ignace est là,
      Toujours vigilant.
      Il tient sa Compagnie
      Sous les armes,

Bandera alchaturic.

(*Birena*) Guerran azaldu nairic,

Gau eta egun

Guztioc paquea dezagun

(*Guciona*) Beti gau eta egun

Berriro — Zure soldaduac, *etc*.

BIGARREN PARTEA

(*Batena*) Ignacio, bildu dezu munduan

(*Guciona*) Arritzeco moduan

Gendea

Fede biciz betea,

Gende jaquintsua

Eta indartsua

Beti dabillena

Guerretan aurrena,

Eleizaren etsayac billatzen,

Topatu ta garaitzen.

(*Berriro* — Ignacio, bildu, *etc*.)

Dituzu anayac

Guerra eguin nayac,

Da oyen leguea

Etsai garaitzea;

Oyec ditu bere gordetzalleac

Fedeac :

(*Birena*) Dirade ezagun;

L'étendard levé,

Deux voix. Ayant hâte de livrer la bataille.

Nuit et jour.

Et nous tous ayons la paix,

Tous. Toujours, nuit et jour.

(*De nouveau,* Vos soldats, etc.)

SECONDE PARTIE

Une voix. Ignace, vous avez rassemblé dans le

Tous. D'une manière étonnante, [monde,

Une foule d'hommes

Pleins d'une Foi vive,

Gens instruits

Et forts,

Qui toujours se jettent

Au plus fort de la mêlée.

Ardents à poursuivre l'ennemi,

A l'atteindre et à le vaincre.

(*De nouveau,* Ignace, vous avez, etc.)

Vous avez vos frères

Brûlant de guerroyer,

Et leur loi est

De vaincre les ennemis;

Ce sont eux qu'a pour ses défenseurs

La Foi :

Deux voix. Ils sont bien apparents;

Dabiltza gau ta egun
Europan, Asiyan
Africa, American;
(*Guciona*) Legorrez ta ichasoz
Dijoaz tá datoz,
Dabiltza néquean
Indio tártean,
Edo Erregue-échean,
(*Birena*) Jesus-en icenean
·Beti pelean
Bicitzac dirauben artean
(*Guciona*) Beti beti pelean.
      (*Berriro* — Dituzu anayac, *etc.*)

IRUGARREN PARTEA

(*Batena*) Ignacio, dira zure anayac
(*Guciona*) Ichas guizon arguiac,
Arraunac
Bogatzen daquienac,
Pedroren ontzia
Badago ertzia
Arroca tartean
Egunen batean,
Bertatic botean dira sartzen
Eta argana joaten :
      (*Berriro* — IGNACIO dira *etc.*)

Socaquin loturic
Arroquen artetic,
Baldin bada etsairic

       Ils s'en vont nuit et jour
       En Europe, en Asie,
       En Afrique, en Amérique,
Tous.   Et par terre et par mer.
       Ils s'en vont et reviennent,
       Affrontant les fatigues,
       Au milieu des Indiens,
       Comme dans les palais des rois,
Deux voix. Au nom de Jésus,
       Toujours dans le combat.
       Tant que dure la vie;
Tous.   Toujours toujours dans le combat.
    (*De nouveau*, Vous avez vos frères, etc.)

Troisième Partie

Une voix. Ignace, vos frères sont
Tous.   Hommes de mer éclairés,
       Rameurs
       Habiles à naviguer :
       Si le navire de Pierre
       Se trouve en détresse
       Entre les rochers,
       En un certain jour,
    Vite ils entrent dans leur embarcation
       Et voguent vers lui.
    (*De nouveau,* Ignace, vos frères sont, etc.)

       S'attachant à lui avec leurs cordages,
       Le dégageant d'entre les rochers,
       Et même s'il y a là des ennemis,

                 6

Oyec garaituric,
An daramate ontzia cayera
Lurrera.
(*Birena*) Naiz izan ecaitza
Bogatzeco gaitza,
Eta baguen goyac
Naiz busti odeyac,
(*Guciona*) Arraunac arturic,
Alcar alaituric,
Botean sárturic,
Vicitzaz ázturic,
Boa boa deiric,
(*Birena*) An dijoaz cayetic
Bultzeaz quilla,
Pedroren ontziaren billa
(*Guciona*) Beti bultzeaz quilla.
(*Berriro* — Socaquin loturic *etc.*)

Après les avoir vaincus,
Les voilà qui ramènent le navire au
    A la terre ferme.   **[port,**

Deux voix. Et bien que la tempête
Soit rude aux rameurs,
Et bien que les flots soulevés
Trempent les nuages,

Tous. Se saisissant de leurs rames,
S'encourageant entr'eux
Enfermés dans leurs bateaux,
Oublieux de leur vie,
S'écriant : Allons! allons!

Deux voix. Les voilà qui partent du quai,
Faisant filer vite leur esquif,
Sauver le vaisseau de Pierre,

Tous. Toujours hâtant leur esquif.
    (*De nouveau,* S'attachant, etc.**)**

GUERNIKAKO ARBOLA

—

I

Guernikako arbola
Da bedeinkatuba,
Euskaldunen artean
Guztiz maitatuba :
Eman ta zabaltzazu
Munduban frutuba ;
Adoratzen zaitugu,
Arbola santuba.

2

Mila urte inguruda
Ezaten dutela
Jaincoac jarrizubela
Guernikako arbola :
Zaude bada zutikan
Orain da dembora.
Eroritzen bazera
Arras galdugera.

3

Etzera erorico
Arbola maitea
Baldin portatzen bada
Vizkaiko juntia :
Laurok artuko degu
Zurekin partia,

GUERNIKAKO ARBOLA

Texte original pris dans Eskualdun Kantaria

—

L'ARBRE DE GUERNICA

I

L'arbre de Guernica
  est béni,
Parmi les Basques
  surtout il est chéri.
Chêne sacré,
  donnez et répandez
votre fruit dans le monde,
  Nous vous adorons.

2

Il y a environ mille ans,
  D'après ce que l'on dit,
Que Dieu avait planté
  l'arbre de Guernica.
Tenez-vous donc debout
  Voici le temps (l'heure).
Si vous tombez
  Nous sommes tout à fait perdus.

3

Non vous ne tomberez pas,
  arbre bien aimé,
Si la confédération de Biscaïe
  agit avec honneur :
Les quatre (provinces) nous
  prendrons votre parti,

Pakian bizi dedin
Euskaldun jendia.

4

Betiko bizidedin
Jaunari ezkatzeko
Jarri gaitezen danak.
Laster belauniko :
Eta biotzetikan
Eskatu ez gero
Arbola biziko da
Orain eta gero.

5

Arbola botatzia
Dutela pentzatu,
Euskal herri guztiyan
Denak badakigu :
Ea bada jendia
Dembora orain degu,
Erori gabetanik
Iruki biagu.

6

Beti egongozera
Uda berrikua
Lore aintziñetako
Mancha gabekoa :
Erruzaitez bada
Biotz gurekoa,
Dembora galdu gabe
Emanik frutuba.

Afin que le peuple basque
    vive en paix.

4

Pour demander à Dieu
    que (notre arbre) vive toujours,
Mettons-nous tous
    vite à genoux.
Et après que du fond du cœur
    nous aurons prié,
Le chêne sacré vivra
    dans le présent et l'avenir.

5

Nous savons bien
    dans tout le pays basque
que l'on a médité
    d'abattre notre arbre :
Eh bien donc, nation euskarienne,
    c'est maintenant le moment,
Avant qu'il ne soit tombé,
    nous devons le soutenir.

6

Oui toujours (ô beau chêne)
    vous serez là vert (comme au printemps),
Le même sans tache
    des printemps d'autrefois.
Ayez pitié de nous,
    ô vous le chéri de notre cœur,
Et sans perdre de temps
    donnez-nous votre fruit (de liberté).

7

Arbolak erantzun du
Kontuz bizitzeko,
Eta biotzetikan
Jaunari eskatzeko :
Gerrarik nai ez degu
Pakea betiko
Gure lege zuzenak
Emen maitatzeko.

8

Erregutu diogun
Jaungoiko Jaunari
Pakea emateko
Orain eta beti :
Bai eta indarrare
Zedorren lurrari
Eta bendiziyoa
Euskal herriyari.

9

Orain kanta ditzagun
Laubat bertzo berri
Gure probintziaren
Alabantzagarri :
Alabak esaten du
Su garrez beterik
Nere bihotzekua
Eutziko diat nik.

10

Guipúzkoa urrena
Arras sentiturik

7

Et l'arbre nous a répondu
  De vivre vigilants   (*Vigilate*
Et de prier Dieu   *et orate*)
  du fond de nos cœurs.
Nous ne voulons pas de guerre,
  mais oui la paix pour toujours
afin d'aimer en ces lieux
  nos lois équitables.

8

Supplions
  le Seigneur Dieu
de donner la paix
  maintenant et toujours,
ainsi que la force
  à la terre de nos libertés
et sa bénédiction
  au pays euskarien.

9

Maintenant chantons
  quatre nouveaux couplets
à la gloire
  de notre province :
L'Alava dit,
  pleine d'ardeur,
j'abandonnerais moi
  le chéri de mon cœur?

10

Le Guipuzcoa immédiatement
  absolument ému,

Asi da deadarrez
Ama Guernikári :
Ethorri etzeitzen
Arrimatu neri
Zure zendogarriya
Emen nakazu ni.

11

Ostoa berdia eta
Zaiñac ere fresko,
Nere seme maiteak
Ez naiz eroriko :
Beartzen banaitz ere
Egon beti pronto
Nigandikan etzayak
Itzurerazoko.

12

Gutiz maitagarria
Eta oestarguiña
Begiratu gaitzatzu
Zeruko erregiña
Gerrarik gabetanik
Bizi albagiña.
Oraindaño izandegu
Guretzako diña.

a commencé à se lamenter criant
  vers la mère Guernica :
Pour que vous ne tombiez pas
  appuyez-vous à moi,
Je suis ici moi
  qui serai votre salut.

11

Ayant feuillage vert
  et racines fraîches,
ô mes fils bien aimés,
  je ne tomberai pas.
Si vous avez aussi besoin,
  restez toujours prêts et prompts
à repousser les ennemis
  d'auprès de moi.

12

O vous toute aimable,
  ô vous notre protectrice,
gardez-nous,
  Reine du ciel.
Si nous pouvons vivre
  sans guerre,
que dès à présent
  nous ayons la paix assurée.

1893

Azpeitiako Bestan, neurtitz gudua

*Lehen garhait saria F. Lopez Alen, Donastiar,
neurtitz ok paratu ditnenari.*

—

AMA BATEN OTSA SEASKAREN ONDOAN

I

Zer darabiltzu nere maitia?
Nork du maitecho eznatu?
Ametzetatik ain ondo zeuden
Nork othe zaitu ernetu?
Norentzat dira far-irri oyek?
Nori bigaltzen dizkatzu?
Zu eznatutzen zeran guztiyan
Ama jartzen da kontentu.

Zeñenak dira musu gorriyak,
Maindiriaren orrian
Diruditenak lorak daudenak
Sardiñen osto tartian?
Nork zabaldutzen ditu algarak
Orren alaicho echian?
Nork jarri zaitu usai gozozko
Seaska churi-churian?

Aitacho aurki datorrenean
Lanetik zure ondora,
O! zer pozakin laztañ-musuka
Zaitun artuko besora;

1893

A la fête d'Azpeitia, Concours de poésie, premier prix de vainqueur à M. F. Lopez Alen, de Saint-Sébastien, qui a composé ces vers-ci :

—

CHANT D'UNE MÈRE AUPRÈS DU BERCEAU

Qu'avez-vous, mon petit bien-aimé? — Qui a réveillé mon petit chéri? — Il était là si bien à rêver. — Mais qui vous a donc ainsi dégourdi? — Pour qui sont ces éclats de rire? — A qui les adressez-vous? — Chaque fois que vous vous réveillez, — La mère se rend contente.

A qui sont ces joues roses — Entre les plis du drap de lit? — Et qui ressemblent à des fleurs émergeant — D'une touffe de feuillages du jardin. — Qui fait éclater ces rires — Si joyeux dans la maison? — Qui vous a mis dans ce berceau — Au doux parfum, si blanc, si blanc?

Quand petit père vite va venir — De son travail à la maison, — Oh! avec quel plaisir, en vous embrassant et vous couvrant de baisers, — Il vous prendra dans ses bras!... — Et entre temps, notre

Ta bitartian gure aurchoa
   Titia artuta gerora
Lo egingo du, amak echeko
   Lanak egiñik gustora.

A! nik ikuzten zaitutanian
   Lotan zaudela geldirik
Ille kiskurrak darizutela
   Kopetetikan jechirik,
Orduban nere barrenak ez du
   Pentzatzen beste gauzarik
Jaunak zuretzat etorkisunan
   Zer ote dauka gorderik!

Ez!... etzazula negarrik egin
   Amacho dago ondoan
Eta negarrak amachori gaitz
   Egiten diyo kolkoan;
Ez!... Ez!... maitia, atoz nigana
   Artuko zaitut besoan
Ikuz'itzazun mutill chikiak
   Jostatzen gure ausoan.

. . . .

. . . .

II

Illunabarra badator
Gauza guziyak estaltzen,
Eguzkiak zitubenak
Ain ederki apaitzen.

petit enfant, — Après avoir pris le sein, — Se rendormira jusqu'à ce que la mère — Ait fait à l'aise les travaux de son ménage.

Ah! quand je vous contemple — Endormi et doucement immobile, — Les boucles des cheveux pendant — Et retombant de votre front si pur, — Alors mon cœur — Ne pense rien autre chose : — Ce que le Seigneur pour vous dans l'avenir — Vous réserve de caché.

Non!... ne pleurez pas : — Votre mère est ici près de vous. — Et les pleurs à la mère font du mal à la gorge. — Non, non, chéri, venez à moi; — Je vous prendrai dans mes bras. — Pour que vous voyiez les petits garçons — S'amuser dans notre voisinage.

. . . .

. . . .

La nuit arrive, — Qui couvre toutes les choses — Que le soleil revêtait — De ses rayons avec tant de splendeur.

Nere ondoko leyotik
Zentitzen det; ¡zer gozo!
Aurrari nola ari dan
Ama kantari erazo :

« Nere maitia lo ta lo
Egingo degu gozoro...!
Zuk orain eta nik gero
Biyak egingo degu lo... lo... lo..! »

De la croisée voisine, — J'entends, quelle douce
chose ! — Comment à son enfant — Elle parle en
chantant.

> Mon bien-aimé, dormir oui dormir (1)
>   nous allons faire avec bonheur,
>   Vous d'abord et puis moi,
> Tous les deux nous allons dormir.
>   Dormir ! dormir ! (2)

---

(1) Ce lo **ta** lo, avec sa répétition accentuée par *ta* (eta)
exprime le doux balancement de l'enfant que la mère
courbée endort dans ses bras.

(2) Mais comment traduire en français ce lo lo lo final ?
Cet indéfini qui est à la fois verbe et interjection ; soupir et
écho finissant la chanson d'une mère. Ces lo ! lo ! lo ! se
disent lentement, rallentendo. C'est bien ainsi que la mère
évoque sur son enfant le doux sommeil qui peu à peu et
mollement vient à son appel.

7

Bigarren sarria, Felipe Casal Otegui, Donaztiarrak

AMA EUSKARA ETA BERE UMIAK

I

UMIAK.

¿Ama, gaitzen bat aldu
Barrunen sentitzen?
Triste daguela gaur
Zaigu iruditzen;

AMAK.

Ez, umiak, oraindik
Ain gaizki arkitzen,
Ez naiz, bañan laguntza
Dizutet ezkatzen.

2

UMIAK.

Umiak emen gaude
Beti laguntzeko,
Eta gure biyotzak
Zuri emateko;

AMAK.

Ni ere emen nago
Zubek maitatzeko,
Eta beso artian
Danak lastantzeko.

LA MÈRE ESKUARA (LANGUE BASQUE)
et ses enfants

Deuxième prix obtenu par Felipe Otegui, de S. Sébastien.

———

I

Les Enfants.

Mère vous devez avoir mal
dedans.
Il nous semble qu'aujourd hui
vous êtes toute triste.

La Mère.

Non, enfants en ce moment
je ne me trouve pas si mal
mais je vous demande
secours.

2

Les Enfants.

Nous voici vos enfants
prêts à vous secourir,
et pour vous donner
nos cœurs.

La Mère.

Me voici, de mon côté,
pour vous aimer aussi
et pour vous enlacer
dans mes bras.

3
UMIAK.

Zuri gaitz egin nayan
Dabiltza etzayak,
Bañan ernai gaude gu
Zaitutzen guztiyak;

AMAK.

Elkhartasun onean
Zazpi Probintziyak,
Urra bear ditugu
Oyen charkeriyak.

4
UMIAK.

Gure aurreko ayek,
Denak baturikan,
Esagutu etzuten
Yñoiz bildurrikan;

AMAK.

Ala da, eta zegi
Ayen bidetikan,
Ez dediyen astutzat
Geldi legerikan.

5
UMIAK.

Ama, egingo degu
Alegin guztiyak
Galtzeratu bañan len
Naiz utzi biziya;

3
LES ENFANTS.

Les ennemis s'agitent
　voulant vous nuire ;
　mais nous sommes
　vigilants, nous tous qui
　vous avons (pour mère).

LA MÈRE.

Les sept Provinces
　en bonne solidarité
　nous devons déchirer
　leurs vilains complots.

4
LES ENFANTS.

Ces voisins à nous
　　tous réunis,
　N'avaient connu
　jamais de crainte.

LA MÈRE.

C'est vrai, et gardez-vous
　　de leur chemin
Pour que contre nos usages
　　il n'y ait pas de loi.

5
LES ENFANTS.

Mère, nous allons faire
　　tout notre possible,
Et plutôt que de les perdre (nos fueros),
Quand même nous y mettrions la vie.

AMAK.

Umiak, arrazoiyak
Du indar aundíya,
Ta Jainkoak egingo
Digu ekadoiya.

6

UMIAK.

Orain erregutzeko
Gure Jainkoari,
Bear degu guztiyak
Belauniko jarri;
Bai ere kontu egin
¡Ama¡ euskarari
Gure lege on eta
Oitura zarrari.

LA MÈRE.

Enfants, la raison
    a une grande force
Et Dieu nous fera
    justice.

6

LES ENFANTS.

Et maintenant pour prier
    Notre Dieu,
Nous devons tous
    nous mettre à genoux,
Et aussi faire attention
    à notre Mère, l'Eskuara,
A nos justes lois et
    à nos vieilles coutumes.

BIZI–BITEZ EUSKERA TA EUSKUALDUNAK

*Azpeitiko Eushal-jostaldietan, gaurco Euskualdun
obeenen Aita-Jaun on Antonio Abadi-koari).*

KANTAURREA

Euskera bizi-bedi
Bizi Euskaldunak,
Beren kristautasunaz
Nunai ezagunak ;
Ama Erria-ren alde
Umanta (1) zaldunak,
Oitaru (2) gordetzalle
Alkarren lagunak.

KANTALDIYAK

Agur gure biotzeko
Aita-Jaun aundiya,
Abadi-ko Antoniyo
Aitor-en semia ;
Zurekin poztutzen da
Azpeitiko erria,
Zeralako Euskaldunen
Aiñ maitalaria.

Badakigu zerala
Euskaldun lenenà;
Jakinduri askotan
Jakintsu goyena ;

(1) Umanta-heroe.
(3) Oitarauak — Fueros.

VIVENT L'ESKUARA ET LES EUSKARIENS

Aux fêtes Basques d'Azpeitia, cantate à M. Antoine d'Abbadie, père et chef de tous les meilleurs Basques d'aujourd'hui.

REFRAIN

Vivent l'Eskuara ;
Vivent les Basques,
Partout renommés
par leur Foi chrétienne,
Héroïques chevaliers ;
Chauds partisans de la Mère Patrie ;
De leurs Fueros défenseurs
Compagnons les uns des autres

COUPLETS

Salut, Père et chef
tant aimé de nos cœurs,
d'Abadie Antoine,
fils de noble race :
Près de vous se réjouit
la ville d'Azpeitia,
parce que vous êtes
si grand amateur
des Basques.

Oui, nous savons que
vous êtes le prince
des Basques, et le plus
élevé des savants,
Dans la science des astres

Izar jakintzan ere
Izar argiena,
Gizonak zeruratzen
Saya zeradena.
        Euskera bizi, &c.

Aprika-tar beltz eta
Ijito tarretan,
Brasill-go erreiñu ta
Europa-koetan ;
Zure jakinduriya
Egon da loretan,
¡Maitagarriya zera
Guretzat benetan !.

Alai gaituzu danok
Emen agertzian,
Euskal amore bizi
Anaitasunian ;
Euskal-gauzak altsarik
Iru egunian,
Inazio-ren Etse
Eta sorterrian.
        Euskera bizi, &c.

Sutuko gera aurrera
Zurekin batera,
Euskaldun seme danok
Alkar maitatzera ;
Maitatzera Fedea
Maitatzera Euskera,

l'astre le plus lumineux,
Et que par vos lumières
vous vous efforcez
d'élever les hommes
vers les choses du ciel.

Parmi les noirs Africains
et les Egyptiens ; ...
Dans les états du Brésil
comme dans ceux de l'Europe,
Votre vaste savoir
est devenu glorieux.
Et pour nous vraiment
vous êtes l'homme
aimé par excellence.

En nous apparaissant ici
vous nous réjouissez tous,
dans notre amour ardent de basque
et dans notre fraternité,
Pendant qu'en ces trois jours de
fête, vous exaltez toutes choses
aimées des Basques dans la
patrie et le berceau du basque
Saint Ignace.

Avec vous désormais
nous nous enflammerons,
nous tous fils de basques
à nous entr'aimer,
A aimer notre vieille Foi
et notre immortelle langue,

Beltzebu-tar guziei
Gogor egitera.

Maitaturik euskaldun
Oitura dontsuak,
Sortuko dira berriz
Gizon ospatsuak;
Loiola ta Loinaz-en
Oso antzekuak,
Okendo ta Elkano-ren
Parez goitzekuak.

  Euskera bizi, &c.

A être durs et sourds
A tous les partisans de Beelzebuth.

Oui ! en aimant toujours
les antiques et sacrées coutumes
de nos aïeux, il surgira encore
parmi nous des hommes fameux ;
émules par leur génie
des Loyola et des Lainès,
capables de s'élever à
la hauteur d'Okendo et
d'Elkano.

———

GAUDEN ESKUALDUN

Laphurtar kantu berriak, Gipuzkoar eta Bizkaïarrek
Gernikako Arbolarenak dituzten gisa berekoak.

—

(Koplartetako guzien errefaua)

Zazpi Eskualherriek
Bat egin dezagun :
Guziak bethi bethi
Gauden gu Eskualdun.

I

Agur eta ohore
Eskualherriari ;
Laphurdi, Basa-Nabar,
Zibero gainari,
Bizkai, Nabar, Gipuzko,
Eta Alabari ;
Zazpiak bat besarka
Loth beitetz elgarri.

2

Haritz eder bat bada
Gure mendietan,
Zazpi adarrez dena
Zabaltzen airetan :
Frantzian, Espainian,
Bi alderdietan ;...
Hemen hiru'ta han lau,
Bat da zazpietan.

Traduction mot à mot

RESTONS BASQUES

Nouveau chant Labourdain à l'imitation de celui des Guipuzcoans et Biscaïens sur l'Arbre de Guernica.

—

Refrain d'entre couplets (chanté) par tous

Les Sept Pays Basques,
ne faisons qu'un
Tous, toujours, toujours
nous (du moins) restons Basques.

Solo

I

Salut et honneur
au Pays Basque,
Labourd, Basse-Navarre,
Haute Soule,
Biscaïe, Navarre, Guipuscoa,
et l'Alava :
Que les sept ne faisant qu'un
s'embrassent entr'eux.

2

Il est un beau chêne
Dans nos montagnes
Qui de ses sept branches
S'élargit dans les airs.
Partie en France, partie en Espagne
De l'un et de l'autre côté,
Ici trois (branches) Là quatre...
Il n'est qu'un dans les sept.

3

Ekhalde Iberrian
Lehenik sorthua,
Lau mila urthe huntan
Hor da landatua.
Hain handi lur libroan
Lehen izatua,
Orai gure haritza
Zein den murriztua !

4

Hi haiz Eskualherria
Haritz hori bera,
Arrotza nausiturik
Moztua sobera ;
Oi gure arbasoak,
Hots ! othoi ez beha
Zein goratik garen gu
Jautsiak behera.

5

Eskualherri guzian
Alaba bakharra,
Ukhoan jarri zaikun,
Da gure ikhara.
Fueroak galdu eta
Utzi du Eskuara,
Akhabo Eskualduna,
Hortaratzen bada.

3

Dans l'Ibérie de l'Orient
　　Né en premier lieu,
Depuis ces quatre mille ans
　　Le voilà planté là.
Si grand en terre libre
Ayant été autrefois,
Maintenant notre chêne
Oh ! que le voilà dépouillé !

4

C'est toi, ô Pays Basque
Qui es ce même chêne là.
L'étranger étant devenu maître,
　　On l'a trop emondé.
　　Oh ! nos ancêtres,
Ah ! de grâce, ne regardez pas
Combien de si haut nous sommes
　　bas descendus.

5

Dans tout le Pays Basque
Si l'Alava seule
Aurait renoncé à nous,
Voilà l'objet de nos alarmes.
Après la perte de ses Fueros
Elle a abandonné la langue Basque.
C'en est fait du peuple Basque.
S'il se réduit jusques là.

8

6

Eskualduna jendetan,
Eskuara mintzotan,
Lehenak omen dire
Jakinen ahotan :
Nahiz orai arrotzak
Manatzen darokan,
Ago hor Eskualduna
Eskualdun herronkan.

7

Eskualduntasunari,
Eta Eskuarari
Balimba ez ginuke
Ukho egin nahi,
Halakorikan nihor
Gutarik baladi,
Eskualherri guzian
Baluke trufari.

8

Gureak ziren lehen
Bazter hauk guziak;
Arbasoek utziak,
Hek irabaziak :
Guri esker Frantziak,
Eta Espainiak,
Dagozkate dituzten
Eremu handiak.

6

Le Basque parmi les races,
L'Eskuara parmi les langues,
    Sont, dit-on, des premières
Dans la bouche des savants.
Quoique maintenant ce soit l'étrange
    Qui te commande,
Tiens toi là, Basque,
A ton rang de Basque.

7

A notre nationalité Basque
    Et à notre langue basque
A Dieu ne plaise que nous eussions
    Le vouloir de renoncer.
Si de pareil renégat aucun
D'entre nous se rencontrait
Dans tout le pays Basque
Il ne lui manquerait pas de moqueurs.

8

Elles étaient à nous jadis
Toutes ces contrées-ci;
Léguées par nos aïeux
    Conquises par eux.
C'est grâce à nous
    Que la France et l'Espagne
Possèdent ce qu'elles ont
    De si vastes étendues.

9

Mairu beltza zelarik
Espainian nausi,
Nabasen Eskualdunak
Egin zion jauzi
Lau ehun mila Mairu
Zituen herrautsi,
Eta gainerakoak
Igorri ihesi.

10

Orduan gure alde
Oihuz zauden oro :
« Bere lurrean nausi
« Eskualduna bego :
« Frantziak, Espainiak,
« Bai orai, bai gero,
« Deus khendu gabe dute
« Gerizatu gogo. »

11

Patu hoiez geroztik
Gan dire demborak :
Ukhatu diozkate
Hartzedunei zorrak.
Oi indarraren lege
Latz eta gogorrak !
Zuzendunak galduez
alfer heiagorak !

9

Alors que le noir Maure était
   le Maître en Espagne.
A Las Navas le Basque
   Lui sauta dessus;
Quatre cent mille Maures
   Il y mit en poudre,
   Et le reste,
Il l'envoya en fuite.

10

Ah! alors en notre faveur
Tous étaient à crier (ceci)
« Que dans sa terre maître absolu
« Le Basque soit laissé.
« La France et l'Espagne,
« Et dans le présent et dans l'avenir,
« Sans lui rien enlever, ont
« la volonté de l'abriter.

11

Depuis ces pactes-là
Il s'est écoulé des temps.
   L'on a nié
Les dettes aux créanciers.
   Oh! combien les lois de la force
Sont rudes et dures!
De l'ayant droit sur ces pertes,
   Vaines sont les clameurs plaintives!

12

Gureez gure lehen,
Hain libro ginenak,
Ezin ahantziz gaude
Orduko zuzenak :
Zer ametsak ditugun,
Zer orhoitzapenak,
Jaungoikoak bakharrik
Badakizka denak.

13

Ez bahaiz Eskualduna
Lehen bezein handi,
Aphaldu gabe chutik
Bederen egoadi :
Odolez eta Fedez
Bethi berdin garbi ;
Handizki atchikia
Hire eskuarari.

14

Zuri gaude othoitzez
Yaungoiko maitea :
Lagun zazu zerutik
Eskualdun jendea
Bethi begira dezan
Lehengo Fedea,
Eta libertatean
Besarka bakea.

12

De ce qui était bien à nous autrefois
   Nous qui jouissions si librement,
Nous voici ne pouvant pas oublier
   Nos justes droits d'alors.
   Quels rêves nous faisons,
Quels souvenirs (nous hantent)
Le Dieu d'en haut seul
   Connaît tout cela.

13

Si tu n'es pas, ô Basque,
   Aussi grand qu'autrefois,
Sans t'abaisser, debout
   Au moins maintiens-toi ;
Par ton sang et ta foi
Toujours également pur,
Avec grandeur attaché
   A la langue basque.

14

Vers vous nous voici en prière
   O Dieu Bien aimé.
Secourez du haut du ciel
   Le peuple Basque.
Qu'il conserve toujours
   Son ancienne foi
Et que dans la liberté
Il embrasse la Paix.

TABLE DES MATIÈRES

Pages

Dédicace à M. d'Abbadie   I
De Bayonne à Azpeitia   5
Azpeitia et la vallée d'Yraurgui.— Les Jeux,   13
Loyola   31
Les derniers Jeux. — Espatadantzaris, pilo-
taris et chistularis   43
D'Azpeitia à Hendaye   55
Juges nommés pour les divers concours . .   64
Appendice.   67
   Marche de Saint Ignace en basque . . .   76
      —   —   en français . . .   77
   Guernikako Arbola en basque   84
      —   —   en français   85
   Ama baten otsa seaskaren ondoan   92
      —   Traduction française   93
   Ama Euskara eta bere umiak   98
      —   Traduction française   99
   Bizi Bitez Euzkara eta Euskualdunak...   104
      —   Traduction française . . .   105
   Gauden Eskualdun   110
      —   Traduction française   111

(Voir après cette Table , la musique de plusieurs des chants ci-dessus.)

Bayonne, impr. L. LASSERRE, rue Gambetta, 45.

MARCHA DE SAN YGNACIO

(Va escrita en su tono natural de Do; mas se acompaña
de Sol ó de Fa, para cantar, porque sube mucho en su tono
natural para las voces.)

Y..gna....cio querePa.troi a un..dia, Je.su.sen Compañi.

a fun.da.tu e.ta de .zu armat.e de en e.tsairic ja. rri.

co zatzunio i ño laz aurrean ga....ur co e..gurean; naiz be

tor Lu.ci.fer de .abru..a u.tzitie in.fer.nu...a.

Zu....re sol da.duac di.rade ainguerii.ac zu....re

III

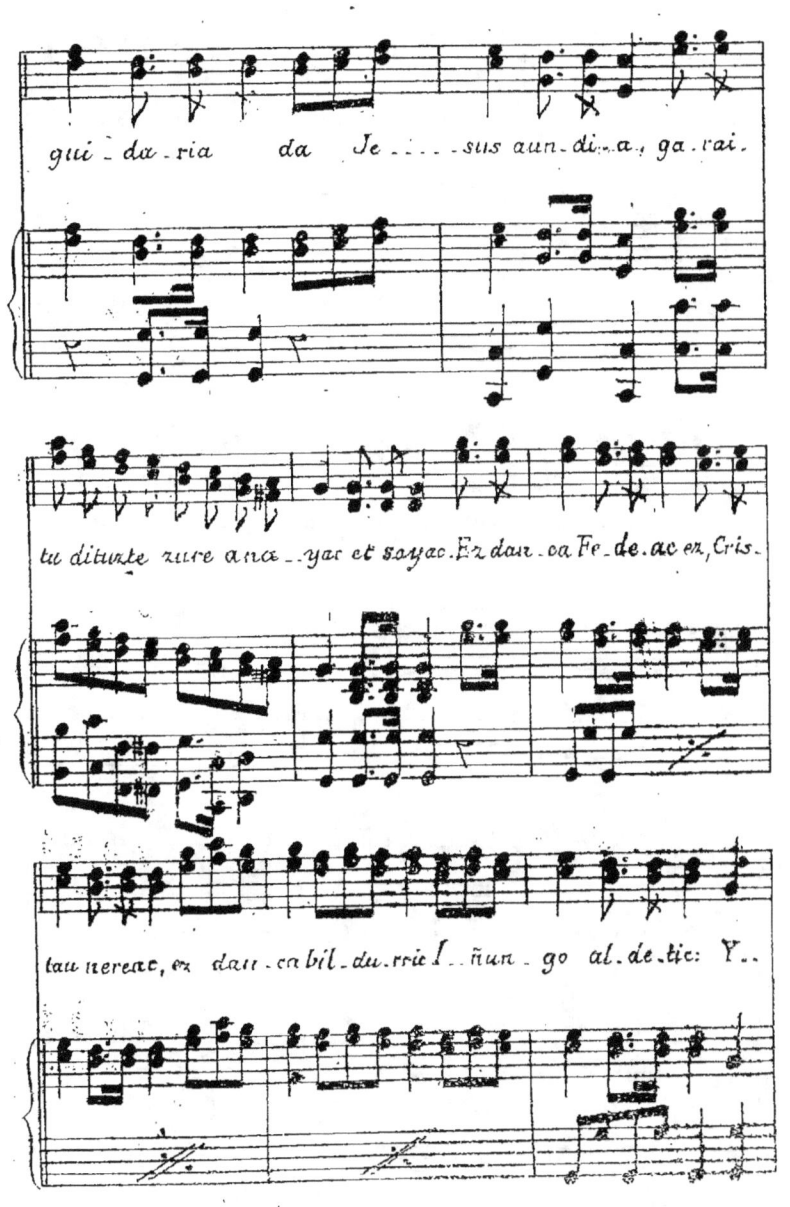

IV

.gnacio or-dago be-ti er-nai dago or dauca géndea chit garcitzállea

bandera alchaturic guerran a-zal-du nai...ric, gau eta e-gun

guztioc pa-quea de--za--gun be-ti gau eta e--gun.

GUERNIKAKO ARBOLA

Zortzico, poesia y música de J. Mª YPARRAGUIRRE

VI

Euskaldunen ar . te . . . an   Guztia maitatu . ba   . ba:

Eman ta zabal . tza . . . zu Munduban frutu . . ba;

E . man ta zabal . . tza . . . zu Mundu . an frutu . . . ba . . .

A .do.ral zen zai .. tu . gu   Ar . bo.la santu .. ba . . .

A . do.ratzen zai .. tu . gu   Ar _ bo .la santu _ ba .

BIZI-BITEZ EUSKERA TA EUSKALDUNAK

Dedicatoria á M.ʳ D'ABBADIE

Letra del P. Arana.

Música de D.ⁿ Toribio Eleizgaray.

Coro

Euskera bizi - be ... di   Bi zi Euskaldu - nak

Oitaran acrdetza ---- lle   Al-karren lagu --- nak.

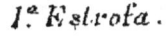

1ª Estrofa.

Agur gure biot ze ----- ko Aita Jaun aundi --- ya.

Abbadiko Anto ... ni ... yo Aitor-en se_mi_a;

Zu re_kin poztu_tzen da Azpei_tiko erri ... a,

Ze ra ţako Euskal du nen Aiñ maita la ri a.

Badaki gu ze ra la Euskaldun le ne na,

Jakin duri as..ko....tan   Jakintsu goye...na;

I..zar jakinban e.....re   I..zar ar.gi..e.....na,

Gizonak zeru _ rat _ zen   Saya zerade _ na.

D.C.al Coro

D.C.al Coro

D.C.al Coro

D.C.al Coro

2ª Estrofa.

A _ prika _ tarbeltz e _ _ ta   I _ ji _ to tarre _ tan

Brasill-go errei - ñu   'ta   Europa-koe - tan;

Zure jakindu - ri - ya E-gon da lo-re-tan

Maita garriya ze——ra Guret—zaibene——tan!

A Jai gaituzu da—nok E men agertri——an

Euskal amore di...zi A naita suni...an;

Euskal-gauzak altsarik I...ru e-gu.ni...an,

I . na . zi . o . ren El . . . tse E . ta sor . terri . . an.

D.C. al Coro

GAUDEN GU ESKUALDUN

Paroles et Musique de G. A. ZALDUBY.
Accompagnement de M. PÉRIA.

Z se prononce comme s ou ç. U comme ou. E toujours é. G toujours dur comme dans Gamme. L'S basque est une sifflante particulière qui se produit en recourbant la langue vers le fond du palais. Tout le reste se prononce comme le latin en faisant sonner toutes les voyelles, et, in, es, etc.

(Refrain Chœur) Zaz _ _ pi Eskual _ he _ _ _ _ rri _ _ ek

bat é _ gin   de _ za _ gun   Gu _ xi _ ak _

bethi be' _ _ _ thi, gaü _ den gu Es _ kual _ _ _ dun.

LOYOLA OÑAZ

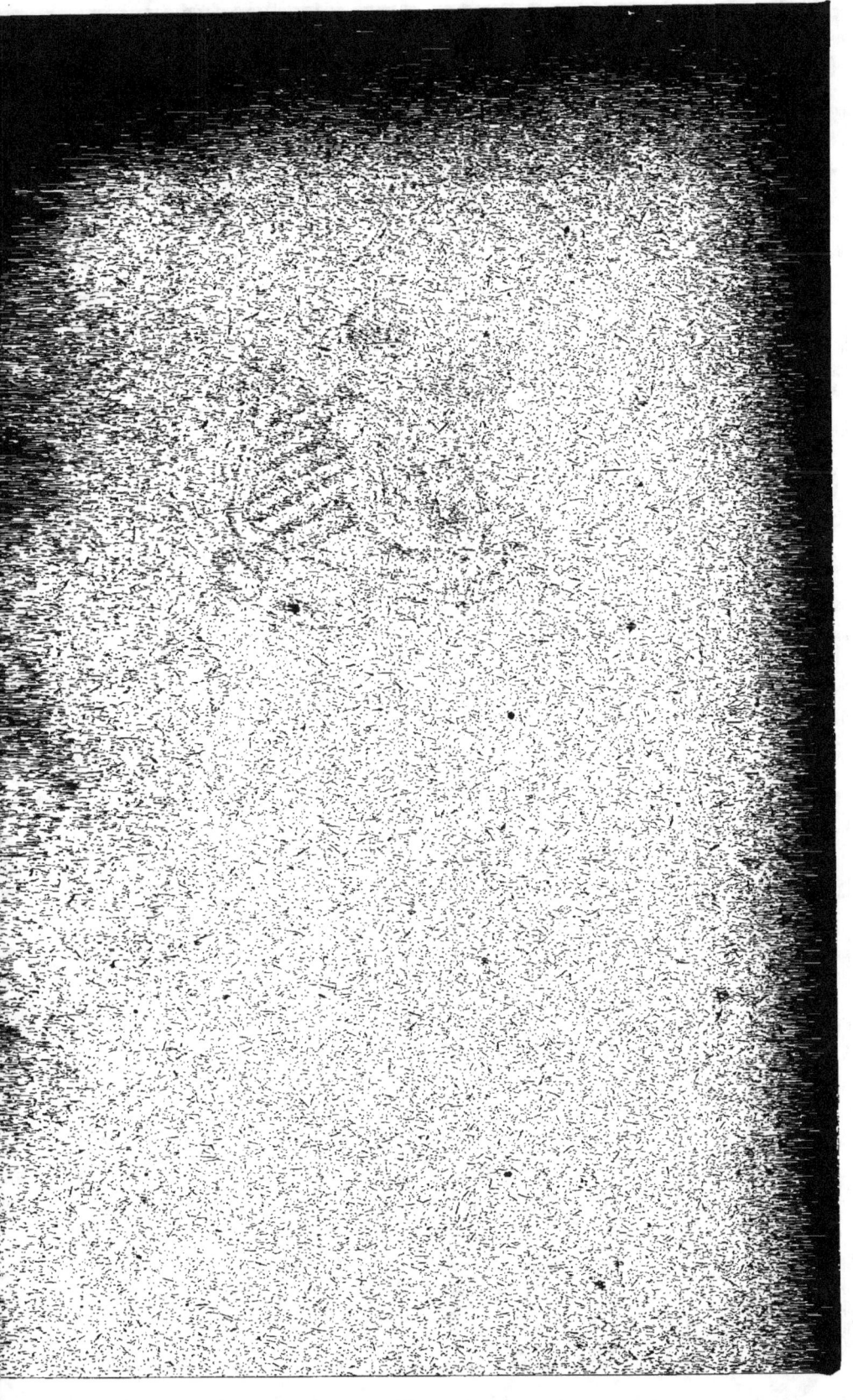

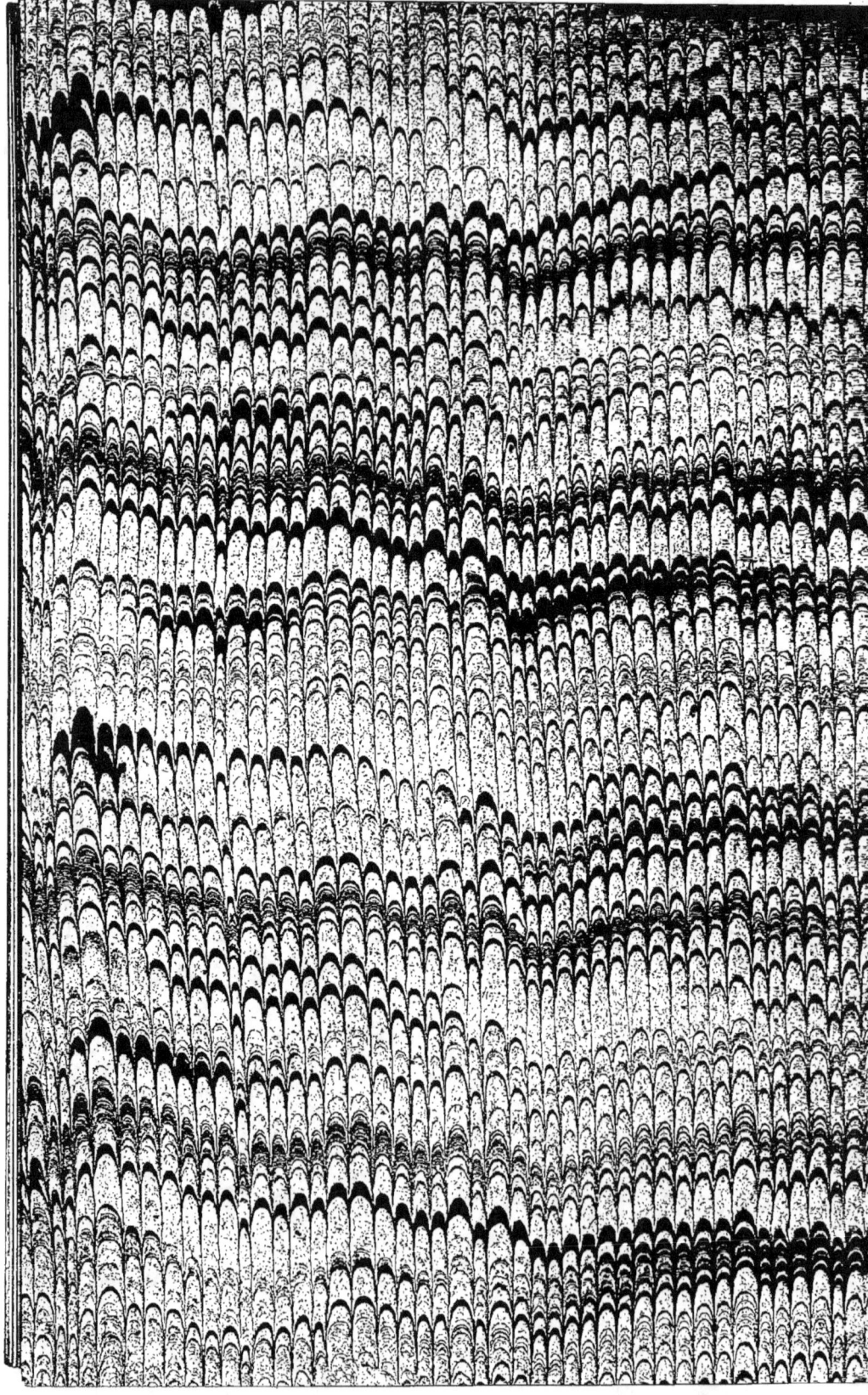

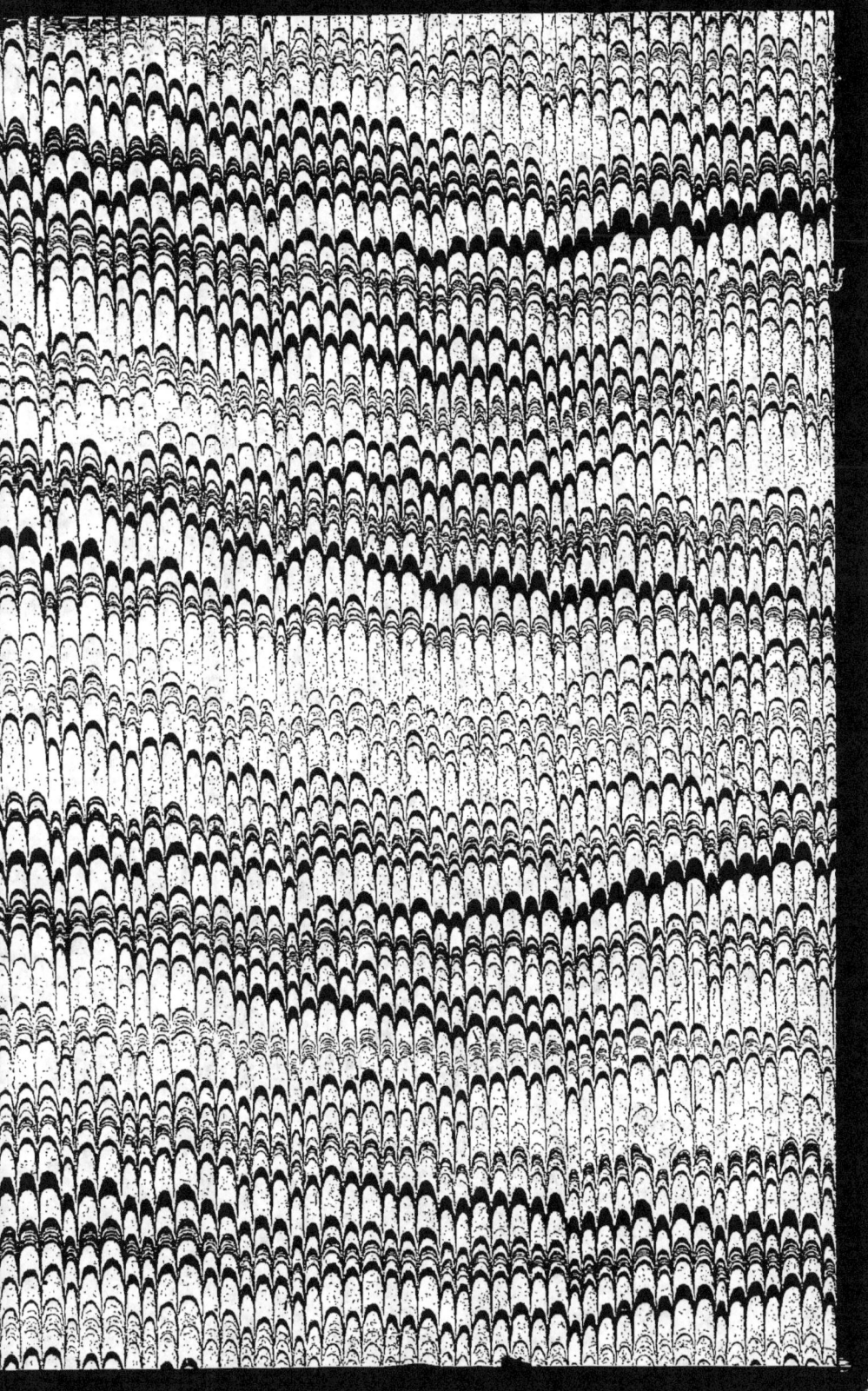